中国——

# 父の戦争

久野総一郎

# 一

一九九二年十二月五日、I重工業横浜エンジニアリングセンター圧延機設計部。

昔は設計のスタッフ一人ひとりに、自立型の大型製図板が与えられていた。製図板に縦が八十四センチ、横が一メートル八十四センチ余りの大判の図面用紙（A0《エイゼロ》サイズ）をセットし、定規やコンパスで細い直線や曲線を引き、図面を描いた。

いまは机にCAD《キャド》ソフトの入った大型のパソコンが乗っている。パソコンはCRT《シーアールティ》端末（大型のブラウン管テレビのような表示装置）に接続されており、その画面に向かって、パソコンのボタンやスイッチ類を操作して線を引き、図面を描く。

CRT画面のサイズはA0サイズの図面用紙よりもはるかに小さいが、CADソフトは図面を拡大する機能が優れており、細部を画面いっぱいに拡大することができる。そのため、A0手書きの図面よりも、より緻密な機械図面を描くことができた。

時計は既に夜の八時を回っていたが、横浜エンジニアリングセンター・ビル七階のこのフロアには、まだ多くの人間が残って仕事をしていた。

わたしは、パソコンから顔を上げると立ち上がり、部下の背中で左右に壁ができている通路を窓際まで歩いていった。窓のブラインドに指先で隙間を作り、外を覗いた。

通りを隔てた向かい側の工場の低い屋根は、エンジニアリングセンターからの光で鈍色《にびいろ》の地肌を浮き上がらせていた。その屋根を雨が打ち付けている。寒々しいその光景を見ながら、終業時刻の五時半のチャイムが鳴り終わった時、隣の設計部からわたしの机にやって来た細倉《ほそくら》部長が言ったことを思い出した。

「久野さん、そろそろ中国に行こうよ」

声をかけてきた細倉部長は私よりも一回り年上で、定年まで四年を残すアルミ圧延設備の専門家だった。細倉部長は、わたしが主導して開発した、アルミ熱間圧延設備のクラウン制御システムに目をつけていた。その頃、クラウンを自動制御するシステムは、世界中、どこを探しても無かったからである。

一般に鉄やアルミなどの金属は、圧延機で伸ばして帯板《おびいた》を作り、取り扱いやすいようにコイル状に巻いて、次の製品工程に移す。このコイルを、鉄の場合は自動車用鋼板に加工したり、アルミの場合はアルミ缶に加工したりする。

練ったうどん粉を棒で伸ばして薄くし、細く切って、麺を作るのと同じ要領である。圧延して帯板を作るとき、長手方向の板厚とともに、幅方向の板厚分布を均一にすることが重要となる。クラウンとは帯板の幅方向の板厚分布を表す術語で、アルミ熱間圧延機で圧延したアルミ板の幅方向の板厚分布を均一に制御する、コンピューター自動制御システムを、わたしは三年かけてK製鋼所で開発した。それを目玉にして、中国に設備を売り込もうというのが、細倉部長の思惑だった。

細倉部長の中国という言葉に、わたしは、ずっと気にかかっていた父のことを思い出した。

一

父は大正十二年（一九二三年）一月十六日、福岡県の宗像郡で生まれ、六十九歳のいまは、北九州市の若松区に住んでいる。長年H金属若松工場に勤めていたからだ。

若松は、九州の最北部に位置し、洞海湾と響灘に囲まれ、東部に古墳が散在するなど、歴史は古い。住みやすい町であったが、現在は人口の減少により、街中《まちなか》は閑古鳥が鳴いている。ただ、若松の西部には、先端科学技術の教育研究拠点として、国立大学や私立大学、研究機関が集まった北九州学術研究都市が開設され、いくつもの新しい研究が実施されている。北九州市全体が少しずつだが変貌を遂げようとしていた。

父の家の家紋は、譜代《ふだい》大名であった豊前国小倉（現在の福岡県北九州市）の藩主、小笠原《おがさわら》氏と同じ三階菱《さんがいびし》である。福岡県立図書館所収の資料群の中に、小倉藩の村方文書《むらかたもんじょ》として、久野家文書が所収されている。村方文書とは、日本近世の村で作成された日記などの記録類や絵図などを含む文書類を指し、多くは領主との関係において作成された公文書である。

このことから、父の家は小笠原藩に縁があったものと思われるが、詳細は不明である。明治時代以降は、宗像一帯を支配する豪農となっていた。

幼い頃、一度だけ宗像の家を訪ねたことがある。昭和三十年より以前だと思う。わたしは幼稚園に入るか入らないかの年だった。そのときの印象は強烈で、今でもありありと、いくつもの光景を思い出すことができる。

大きな茅葺《かやぶ》きの家があった。家というよりは屋敷のような構えだった。広い長い縁側があり、縁側に胡坐《あぐら》をかいて座っている一人の年寄りの周りに、大勢の子供たちが群がっていた。一家の記念行事でも行われるのか、子供以外にも人がいっぱいいいた。その上、子供の数ほどの鶏が、小石が散らばる土が剝き出しの庭で、餌をついばんでいた。

# 一

「今日はお祝いやけん、鶏《とり》を絞めるばい」

若い男が太った鶏を捕まえ、首に大型ナイフを入れて絶命させると、羽をむしりはじめた。子供たちはワイワイ言いながら、周りを取り囲んでいる。

わたしは異世界に飛び込んだような心地だった。北九州工業地帯の中心部、若松でこのような野蛮な行為を見たことがなかったからだ。若松はここに比べると、はるかに都会だと思った。

庭から遠ざかり、広い家の中を歩いた。人っ子一人いない。ほとんどが、縁側や台所に集まっていた。

奥の居間に一人の男が座っていた。男は体格がよく、凛々《りり》しい顔立ちをしていた。男は右手に抜き身の日本刀を握り、丸い真綿に棒が付いたもので、刀身をぽんぽんと叩いていた。刀身の殺気立った輝きを、今でも思い浮かべることができる。

「よう、来んしゃった」

わたしに気づいた男は言った。父のように低い声ではなかったが、耳障《みみざわ》りなほど高い声でもなかった。笑顔は無い。

海軍中佐で終戦を迎えた、父より二歳年長の伯父、久野圭三《くのけいぞう》との初対面だった。終戦後、十年弱の時を経ていたが、全身に殺気が残っているような雰囲気があった。わたしは子供心に怖さを感じた。

伯父は旧制若松中学を一番で卒業すると、海軍経理学校に進んだ。剣道六段、バリバリの職業軍人だった。

宗像の家のその時の賑わいは、戦後初めて故郷を訪れた父の一家、われわれを歓迎するために、宗像の久野家の一族郎党が集まってくれたのかもしれない。しかし、父は二度と宗像の家を訪ねることはなかった。

父の話に戻ろう。

父は、二十歳の年の一九四三年（昭和十八年）、久留米の陸軍連隊に入営した。徴兵検査では、甲種合格（徴兵検査の第一級合格順位）だった。

中国戦線では、陸軍少尉の地位にあったが、部下が全て自分より年上だったので、斥候《せっこう》などの危険な任務は、率先して一人で引き受けたと言っていた。

工兵部隊に所属し、旧日本軍の九七式中戦車（チハ車）と行動を共にすることが多かった。

あるとき父は、上野駅で横になり、そのまま寝入ってしまった。しばらくして空襲警報が鳴っているのに気づいたが、睡魔には勝てず、そのまま眠り続けた。目が覚めたら、駅の周りは焼けていたが、父は無傷だった。父がなぜ、日本の上野駅にいたのかは聞いていない。

その後、南方に行く船を待っていたが、船が撃沈され、結局、南方戦線に行けなかった。船に乗っていたら、確実に生きてはいなかっただろう。

陸軍中尉で終戦を迎えたとき、父は二十二歳になっていた。

わたしが宗像を訪れたとき、叔父が手入れをしていた日本刀が、叔父の戦争の形見だったとしたら、父の形見は双眼鏡だった。

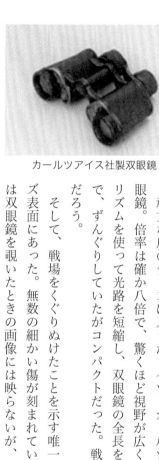

頑丈な皮のケースに入ったドイツ、カールツアイス社製の双眼鏡。倍率は確か八倍で、驚くほど視野が広く明るかった。プリズムを使って光路を短縮し、双眼鏡の全長を短くしているので、ずんぐりしていたがコンパクトだった。戦場向きと言えるだろう。

カールツアイス社製双眼鏡

そして、戦場をくぐりぬけたことを示す唯一の証拠が、レンズ表面にあった。無数の細かい傷が刻まれていたのである。傷は双眼鏡を覗いたときの画像には映らないが、父の近くで炸裂した砲弾や着弾した銃弾が巻き上げた粉塵や石ころが当たってできたのだろう。この双眼鏡は、戦時下、父の両眼を守り続けたのかもしれない。

わたしはその双眼鏡を愛用していたのだが、ある時、取り落としてひどい衝撃を与えた。そのため、内蔵されているプリズムの光軸が狂ったのか、映像が悪くなり、使わなくなった。今ではどこにあるか分からない。

一九九三年二月二十三日。

濃い緑色に塗られた重厚なディーゼル機関車に引かれた、二十両ほどの車両後部の硬座《こうざ》車両（三等寝台車）の中ほど、窓際の引き出し式の座席にわたしは座っていた。車内の暖房は弱く寒いので、コートもマフラーも着けたままだ。

通路を隔てた六人向かい合わせの座席では、M電機の営業課長、柏倉が中国人相手に手帳に漢字を書いて筆談している。時折笑い声が上がり、座は盛り上がっている。その区画にはサッカー選手と二十代前半の娘とその母親の二人連れ、それに二人の中年男が座っていた。ジャージを着たサッカー選手以外は、みな一様に濃い紺や茶色の質素な服であったが、若い娘だけは明るいカーキ色のセーターを着ており、その周りだけが華やいでいた。

柏倉の席は六人がけの空いていた一つで、われわれ三人は窓側の引き出し式の席に縦に並んで座っていた。

北京で列車が発車する直前に駆け込んだ日本人四人を、中国の人たちは皆、にこやかに迎えてくれた。上司の細倉部長とM電機の美月《みつき》課長は車両が違うので姿が見えなかった。

硬卧车（三等寝台車）（1993 年 2 月 23 日）

日本から来たわれわれI重工業の二人とM電機の五人は、今日の早朝、五時五十四分に北京から出て洛陽《らくよう》に向かう二三一次の汽車に乗り込む予定だった。しかし、その汽車に乗れず、一時間後に出た列車にこうして座っているのだった。

前日、北京で会った中国人通訳の葉《よう》という女性が、「大丈夫、三十分前に北京駅に着けばいいよ」と言って、われわれが宿泊していたニューオータニ系列の長富宮《チャンフーゴン》飯店《はんてん》に、朝の五時にやってきた。これがケチのつき始めだった。

まず、荷物が多かった。I重工とM電機は、日本のアルミ圧延の最新技術を、中国の非鉄金属研究の中心拠点である洛陽有色金属加工設計研究院《らくようゆうしょくきんぞくかこうせっけいけんきゅういん》へ紹介するために、日本から段ボール箱二十個ほどの技術資料を持ち込んでいた。

次に、I重工業北京事務所の担当者も通訳の葉さんも、この時代の中国の現実を十分に把握していなかった。

大型のバンで北京駅まで行き、段ボール箱を降ろして手押し車に積み込んだ。北京駅に足を踏み入れたとき、中国人の葉さんが驚いた表情を浮かべた。昨日、北京事務所の川瀬《かわせ》所長が言ったことを思い出した。「葉さんは金持ちの一人娘で、育ちがいいよ」

あたり一面、まさしく人の海だった。これほどの人の集団を初めて眼にした。大理石の床には、入り口から階段まで、さらに、切符売り場の窓口まで、かろうじて二人並んで通れるくらいの狭い隙間《すきま》しか空いていなかった。その隙間以外は、人が溢《あふ》れていた。

思い思いに布を敷いて体を横にしている者、座り込んで話し込んでいる男女、足の踏み場も無いほどの人と荷物がそこにはあった。地方から出稼ぎに来ている人たちだった。

一九九〇年代、中国の市場化経済が発展するにつれて、農村から都市への人口の流動化が始まり、年間六千万人以上の人間が移動した。始めて中国の北京を訪れたこの時、わたしはまさしく中国の人口の大移動に遭遇したのだった。

人を掻き分けて、大量の段ボール箱を運ぶのは大変な重労働であった。床の人間を排除しなければ、通り道が確保できない。葉さんの中国語は、周りで話している中国人たちの大声にかき消され、全く役に立たなかった。

　仕方なくわれわれは、手押し車を二人で押し、人にぶつかるのもかまわず進んでいった。相手が日本人だったら、文句の一つや二つでは済まなかっただろう。服装で外国人だと分かったのか、手押し車の行く手にいる中国人たちは、驚くほど簡単に体をずらしてくれた。

　階段には細い通り道が中央に空いているだけで、両脇の手摺りまで人が鈴なりであった。われわれは人垣が作った細い通路に並び、段ボール箱をバケツリレーで階段上に運んだ。それから再度、目的の汽車が停車するプラットホームまで降ろした。

　プラットホームにいた駅員を葉さんがつかまえ、われわれが座る軟座《なんざ》と呼ばれるグリーン車の位置を確認し、その車両まで段ボール箱を運んだ。

　M電機の竹内《たけうち》部長が車両に乗り込んだ。プラットホーム上の人間が、窓から乗り出した竹内部長に段ボール箱を手渡し始めた。駅員はこのような光景に慣れているのか、通訳の葉さんと話しながら作業を見ていた。

葉さんがそろそろ汽車が出ますからと告げた時、最後の段ボール箱を窓から押し込むところだった。竹内部長以外の人間は、みなプラットホーム上に立っていた。葉さんが汽車に乗り込んだ。まさにその時、汽車は滑るように動き出した。

あわてて柏倉が、汽車に駆け寄り乗り込もうとしたが、入り口の手摺《てす》りをつかみ損ねた。窓から顔を出した竹内部長に、「すぐに後を追うから先に行ってくれ」と細倉部長が叫んだ。

I重工業北京事務所の川瀬所長が交渉して、一時間ほどのちに北京を出発する別の汽車に、硬座六人分の座席をかろうじて確保した。しかし、この汽車は洛陽に停まらなかったので、その一つ手前の鄭州《ていしゅう》駅で降り、そこで車を雇って洛陽まで陸路を行くことになった。

洛陽に行くところが鄭州に行くことになった。わたしはこのことに、何かしら運命的なものを感じた。昨日、成田から北京へ飛ぶ飛行機の中で、わたしは父の言葉を思い出していた。父の、いくつかの言葉の断片が、頭の中で繋《つな》がっていた。

「お父さんは、戦いながら鄭州まで進んだ。お父さんは少尉だったので、三十人ほどの部隊を率いていたが、お父さんが一番若かったから、いつも先頭に立って、斥候役をしていた。総一郎には斥候ってわからないだろうな。敵の様子を気づかれないように探りに行くことだよ。お父さんはいつも一人で行っていたから、もし敵の兵隊に見つかったら殺《や》られるかもしれない危険な任務だった」

さらに記憶を辿《たど》っていくと、父についていくつかのことを思い出した。

むかし母が、弟の新しい担任についてわたしに言った。

「久野少尉、いや、久野さんには中国で本当にお世話になりました。わたしは何度も助けられました。そう言ったのよ、博《ひろし》の先生が」

小学校三年生の弟の担任となった男性教師は、弟に眼をかけてくれた。クラスの演奏会で、コントラバス担当になった弟に、付きっ切りで弾き方を教えてくれた。体の小さかった弟のために、代わってコントラバスを運びさえしたそうだ。今だったらありうるかもしれないが、今から三十年以上も前の、小学校の先生には、考えられない優しさだった。

母からそのことを聞いた父は、全くの無反応だった。おそらく、父の戦友だっただろうその教師に、会おうともしなかった。

ただ、このことが、「いつも先頭に立って、斥候役をしていた」という父の話が真実であったことを、小学五年生ながら確認し、わたしは誇らしく思った。

しかし、誇らしさの中で一つの疑問が浮かんだ。

〈お父さんは、戦争中に人を殺したことがありますか？〉

殺人は悪だという、子供時代の素朴な思い込みからの問いだったが、父には言い出せなかった。本当のところは、否という答えを父から聞きたかった。

しかし、この問いかけを子供に発せられることほど、父親にとって残酷なことはないだろう。そのことも、子供心に何となく理解できた。

汽車が駅に止まった。柏倉が立ち上がった。

「久野さん、ホームに売店が出ているから、何か買ってくるよ」

戻ってきた柏倉は、四本のビール瓶とスナック菓子の袋を幾つか抱えていた。

「これ、村木《むらき》と小野口《おのぐち》に渡してください」

わたしは後ろに座っている村木に、栓を空けたビール瓶とスナック菓子の袋を渡し、小野口にも分けるように言った。柏倉は自分の旅行かばんから紙コップを取り出し、中国の人も含めて皆に配った。

「よく栓抜き持っていましたね」

栓を抜いている柏倉に声をかけた。

「いやあ、売店のばあさんからせしめてきました。ビール四本買うから栓抜きをよこせ」

と言ってね。柏倉の笑い声は乾いていた。

中国の空気はいつも乾燥している。昨日、北京に着いたあと街を歩いたが、喉がすぐにいがらっぽくなった。そのせいか、中国の人はよく痰《たん》を吐く。北京の町中に痰つぼが置いてあったが、みな所かまわずペエペエやるので、痰を吐くなという禁止札《きんしふだ》がいたる所に貼ってあった。

「久野さんもこっちへ来たら」

柏倉の言葉がわかったのか、柏倉の正面に座っていた中国人三人が、一人分の空間を空けてくれた。わたしはその間に体をねじ込んだ。

ビールは生温かくうまくはなかったが、飲むうちに酔いが回ってきた。カーキ色のセーターを着た若い中国人の女性が何か言った。

「久野さんは日本のどこから来たのかと言っているよ」

女性の中国語を柏倉が訳した。わたしはちょうど持っていた旅行ガイドの日本地図を開いて、「横須賀」の位置を鉛筆の先で示した。そして、柏倉のノートを借りて、横須賀と漢字で書き、米軍基地と書き加えた。

『米軍基地《ミイジュンジーディ》？』

一

ノートを見て、隣に座っていた中年の男が言った。柏倉が中国語で米軍基地のことを説明した。再び、男が何か言った。

「戦争はいけない、と言っているよ」柏倉が訳した。

車窓には、人を拒絶するような荒涼たる風景が流れていた。乾いた赤茶けた土、木の葉も無く立ち尽くすやせ細った木々。まるで亡霊のように立つ枯れた木々が、途切れなく続いていた。

時おり、赤いレンガ造りの、今にも朽ち果てそうな民家が車窓を走る。人民服を着た住民が一人歩いていた。

ほとんど人影の無いこの広い大地を、銃を担《かつ》ぎ、徒歩で移動する父の姿を思い浮かべた。父の苦労を想像しようとしてみたが、できなかった。

車窓を流れる風景に変化が現れた。茶色から薄い緑、そして濃い緑一色に変わっていた。北京からかなり南に来たので、地面に水分が増したのか、植物が元気を取り戻している。黄河に近いはずで、大河が地面を生き返らせているのだろう。

鄭州駅前には、北京駅と同じように人が溢れていた。北京などの大都市へ出稼ぎに行くために、汽車を待つ人々だった。駅舎を出ると、子供たちの突き出す幾本もの手に囲まれた。どの手も、まるで店先にぶら下がっている孫の手のように無表情だった。皆一様に、同じ言葉を叫んでいた。

「お金は働いて稼がなければダメ！」

鄭州駅駅舎のコンクリートの壁面
（1993年2月23日）

柏倉の日本語が響き渡った。

駅舎のコンクリートの壁面は、宣伝用の派手な彩《いろど》りの中国語の看板で覆われ、壁のコンクリート面が見えなかった。最上段の郑州站（鄭州駅）という文字の下の、ひときわ大きい「三九集团999南方药厂（三九集団999南部製薬工場）」と書かれた看板が目を引いた。三九という社名を三つ並べた9で強調していたからだ。改革開放の下で、中国にも数多くの企業が勃興《ぼっこう》し始めていることを示していた。

わたしが初めて中国を訪れた一九九三年は、計画経済から市場経済へ移行しつつある時期であった。鄧小平《とうしょうへい》が「改革開放」路線に大きく舵を切った一九七八年から、すでに十五年が経っており、駅舎の壁を覆う看板群はそれを示していた。

都市部では改革開放が進み、富が蓄積されていった。反面、農村部は取り残されていた。その結果、北京や鄭州の駅舎にあふれていた農民の、都市への大移動である。十二億の人口を抱える大国の、根底を揺るがす大変革が進行していたのである。

四年前の一九八九年には、言論統制も自由になると錯覚した若者たちが、北京天安門に集まり、人民解放軍に蹴散らされた。

一九七八年に、鄧小平が路線変更を決断した理由を、わたしは知らなかった。

当時、カリスマ毛沢東の「大躍進政策」と「文化大革命」で、多くの農民と知識人が犠牲になり、経済は疲弊の極みに達していた。その毛沢東が、一九七六年九月に没した。

一九七八年十月、鄧小平は来日し、その折、当時、世界一の設備を誇る新日鉄君津製鉄所を視察した。そのとき、案内に立った新日鉄社長の稲山嘉寛《いなやまよしひろ》に言った。

「これと同じ製鉄所を上海に作ってくれませんか」

この言葉を受けて、山崎豊子の小説『大地の子』で有名な、上海宝山製鉄所の建設が始まる（一九七八年十二月二十三日に着工、一九八五年九月五日に完成〈火入れ実施〉）。

一九七八年十二月十八日から二十二日にかけて開催された、第十一期三中全会で、文化大革命が否定され、「社会主義近代化建設への移行」、すなわち、「改革開放路線」が決定された。

この後日本は、対中国ＯＤＡ（途上国援助）として、二〇一九年までの四十年間に、三兆六五〇〇億円余りの資金と多数の人材を提供して、中国の近代化に貢献することになる。

余談になるが、わたしは圧延機の仕事で、二〇〇〇年七月から数か月にわたって、この宝山製鉄所で仕事をした。

# 一

鄭州駅前の石畳には小さな店が立ち並び、路線バスの停留所があった。しかし、賑わっているのは駅の周辺だけで、人気の無い赤茶けた台地と遠くに見えるくすんだ緑の木々が風景を支配していた。

六十九歳の父は、四十八年ほど前に、ここ鄭州にやって来た。北京から直線距離で七百キロ近くある鄭州まで、三十人の部下と共に戦いながら進んだ。ほとんど戦争のことを話さなかった父だったが、鄭州についてこう言ったことがある。

「鄭州には方面軍の司令部があった」

中国と言ったか支那と言ったかは覚えていないが、父が踏んだ土と同じ土が、いま、わたしの足の下にある。わたしは改めて、両足に力をこめて鄭州の赤土を踏みしめた。

後から調べてみると、日本軍が鄭州を占領したのは、昭和十九年（一九四四年）四月十九日で、父が徴兵されて一年後のことだ。その後、五月二十五日には洛陽を占領している。父は確かにここまで来ていた。


中国人の運転手を車ごと雇い、洛陽に向かう。既にあたりは薄暗く、舗装されていない道路上で、車は上下左右に激しく揺れた。街灯などは無く、車は真っ暗闇の中を走り続けた。ただ、車道の両脇に、一メートルほどの間隔で立っている背の高い木の、下から一メートルくらいを中心として、上下五十センチ幅に白ペンキが塗られていた。車のライトの中に街路樹の白いペンキの部分が浮かび上がり、かろうじて道幅を知ることができた。

片側一車線の道路が延々と続いているはずだが、車のライトが照らす淡い光の中には、でこぼこ道が映るだけだった。

運転手が何か叫んだ。前方に橙色の薄暗い明かりが見えてきた。村に差しかかったようだ。

「そろそろ、夕食にしますか。洛陽につくのは夜遅くになるから、ここらあたりで食べておきましょう」

細倉部長が振り向いて言った。細倉部長の隣に座っていた柏倉が、中国語で運転手に声をかけた。

しばらく行くと、ドアを開け放している食堂があった。昔の日本の駄菓子屋のように、ガラスの引き戸があり、半分ほどガラス戸は開いていた。車からガラス戸を通して薄暗い室内が見えた。木の粗末なテーブルがいくつかあり、人影は無かった。

運転手と柏倉が、車を降りて店の中に入っていったが、すぐに戻ってきた。

「外国人に食べてもらうものは無いそうです。この先、五百メートルくらいのところに大きな食堂があるから、そこへ行けと言われました」

零時を回った頃、宿泊先の洛陽牡丹大酒店《ルウォヤンムーダンダージウディエン》（洛陽牡丹《らくようぼたん》グランドホテル）の入り口に車が入った。

「ご苦労さん、ようやく来ましたね」チェックインの書類を書いているわれわれに、ロビーに降りてきたM電機の竹内部長が声をかけてきた。

「もうお休みになられていると思っていました」

柏倉が答えた。

「北京の川瀬所長から、鄭州から車で移動すると電話があったときは、気が気ではありませんでした。どこかで迷うのではないかと思って。百四十キロくらいの距離だけど、ずいぶん時間がかかりましたね？　ともかく無事に着いて良かった」

竹内部長が言うように、あの暗い道を車で移動するなどは無謀だったかもしれない。悪路のため車が上下に大きくバウンドしたので、一番後ろに座っていたわたしは、古傷の腰痛が再発しそうになっていた。

## 二

次の日の朝八時過ぎ。ロビーのソファに座っていたわたしは、大型のバンがホテルへ横付けされるのを窓ガラス越しに認めた。

高校の学生服のような、紺の詰襟の上下を着込んだ若い男が、回転扉を通って入ってきた。男はロビーを見回し、通訳の葉さんを見つけると歩き出した。葉さんも立ち上がり、男と挨拶を交わした。

葉さんがわれわれの方を振り向いた。細倉部長が立ち上がった。若い男は笑顔を見せながら細倉部長の方にいき、細倉部長の手を両手で握った。細倉部長が笑顔を返した。葉さんが中国語で細倉部長を紹介し、相手の若い男は名刺を差し出しながら自己紹介をした。

若い男は、ロビーにいたわれわれ一人ひとりと、名刺を交換した。わたしは握手をしながら名刺を見た。王京海《ワンジンハイ》とあった。色白で体格が良く、利発そうな眼の輝きが印象的であったが、年は三十代半ばだと思われた。名刺には洛陽有色金属加工設計研究院、第一設計所副所長と書かれていた。

この世代の人間が、副所長を務める有色金属加工設計研究院なるもののレベルを、わたしはその時少し疑った。王京海は名刺にある職位に対して、あまりにも若過ぎる。

しかし、その後、中国の行く先々で、このような若い人と出会うことになる。

またまた話はそれるが、この七年半後、有色金属加工設計研究院の院長にまで上り詰めた王京海と、わたしは北京の打ち合わせの席で再会し、その二年後、日本のアルミ圧延会社を視察に来た彼と、再度日本で会った。不思議な巡りあわせである。

十五人ほどが座れそうな大型のバンに荷物を積み込んで、われわれ七人はホテルを出発した。焼いたレンガ造りの粗末な店が、道路に沿った歩道に並ぶ街中を車は進んだ。

手造りの木のテーブルを二つ、三つ並べた食べ物屋、曇ったガラスケースの中に薬類を陳列している薬屋、シャツ一枚の男が、油だらけのチェーンをしごいている自転車屋などが軒を連ねていた。人々の着ているものは質素で、生活は貧しそうだった。

洛陽は中国の古都だった都市で、龍門の石窟に代表される観光都市であり、かつ、研究所や大学を有する学術都市でもあった。

わたしは窓の外の貧しそうな光景を意外に思った。しかし、彼らの生活に不思議なエネルギーを感じた。そして、このような光景をどこかで見、このエネルギーをどこかで感じたような気がした。

昭和三十年代初めの日本、子供の頃の記憶が蘇ってきた。昔の日本にも確かにこのような風景とエネルギーがあった。

大きな交差点で、車は雲霞《うんか》の群れのような自転車の集団に囲まれた。大人数《おおにんずう》の出勤する人たちだった。運転手は眼の前の自転車の群れにクラクションを鳴らし続けたが、群れは少しだけ左右に動いて道を広くはしたが、悠々《ゆうゆう》と車の前を進んでいった。

五階建てのレンガ造りの古い建物、恐らく戦前、ロシアと交流していたときに建てられたと思われる、いかにも研究所という荘厳な風情の建物の前で車は停まった。

運転手が窓から顔を出し、守衛と二言三言言葉を交わした。警官のような制服と帽子を着用している守衛が、笑いながら金属製の門柱を押し開いた。車は建物玄関口のロータリーへ横付けされた。

入り口に女性が立っていた。王京海は、「この女性が案内します」と言って、自分は二階に上がって行った。女性の指示で、中国人の男たちがダンボールを台車に乗せた。

## 二

葉さんが、「資料は明日からの会場となる講堂へ、前もって運んでおきます」と言った。

階段を上がった二階に、研究院の管理部、経理部などの行政部門の執務室があった。一番奥に院長室という名札がかかったドアがあり、その隣の部屋に案内された。案内の女性の言葉を葉さんが訳した。

「ここは、皆さんの休憩室です。どうぞお座りください」

お湯の入ったポットを持った女性二人が、ソファ近くのテーブル上に用意されていた蓋付きの湯飲みの蓋を開け、お湯を注いで近くの人間に勧めていく。勧められるままに蓋を取った。湯の表面に浮いている茶葉が見えた。

「葉が底に沈むまで、もう少し待った方がいいです」

隣に座っていた葉さんが言った。

お茶の葉が沈む頃を見計《みはか》らって一口含んだ。熱かったが、意外と美味しかった。唇に付くお茶の葉を指で拭った。

部屋の中には、両隣の部屋に通じる内部ドアがあったが、その院長室側のドアが開き、男が二人入ってきた。一人は初老の男で、もう一人は王京海と同じように若かった。近くに来た時、初老の男が初老というほど年を取っていないことに気づいた。

二

わたしはまた訝《いぶか》しく思った。王京海といい、この男といい、なぜ若い人間ばかりが出てくるのだろう。ただ、王京海よりも五、六歳は年上だろうと思われる男は、疲れて見えた。

『遠いところを、ようこそおいでくださいました。明日は中国中から聴講に来ます。わたしどもは、日本から多くのことを学ばなければなりません』

葉さんが男の言葉を訳した。初老に見えたその男は、洛陽有色金属加工設計研究院、院長の唐経岳《タンジンユエ》だった。もう一人の若い男の名刺には外事部長とあり、名は許命寿《シュミンショウ》とあった。

「何人くらい来られますか？」

細倉部長が訊ねた。

『二百人を超えたところですか』

唐院長は答えた。

「資料、五十部しか持ってこなかった」

細倉部長の隣に座っていた竹内部長が、失敗したというような表情を浮かべた。

『大丈夫です。こちらでも、大事なところはコピーして配布いたします』

許外事部長が答えた。

日本を発つ前、北京事務所に確認したところ、資料は五十部もあれば十分だと川瀬所長は言った。しかし、われわれは、中国の巨大さを十分認識できていなかったのだ。

日本のアルミなどの非鉄業界の規模は、生産量で鉄の二十分の一以下であった。講演会を開いて、三、四十人も聴講者が集まれば大盛況といったところだったが、この国は違った。

部屋を見回すと、洛陽市の市花《しか》、牡丹《ぼたん》の鮮やかな絵が一枚壁に飾られていた。それ以外は飾り気の無い広いがらんとした部屋だったが、白熱電球のシャンデリアが部屋を少しだけ豪華に見せていた。

十五分経った頃、先ほどの女性に案内されて、一号という札のかかった部屋に入った。中央に立派な会議机があり、入り口側の席には王京海を中央に、十二人の人間が座っていた。

われわれは窓側の席に一列に並んで座った。中国側とわれわれの席との間には、机に沿って一メートルくらいの幅の空間があり、その空間には、机の長さ分だけ生け花が植えられた長い鉢があった。花の高さは机の面から出ていなかったので、両者の視界を邪魔することはなかった。机の面は磨かれた大理石で、その冷たさが、この建物の歴史を思わせた。

「お手元に、今回のアジェンダをお配りしました。明日から三日間、日本の最新技術をご紹介いたします。機械については、私どもI重工業が最初の一日半でご紹介します。続いて、圧延機を駆動するモータや制御装置に関して、竹内部長のM電機がご紹介します」

細倉部長の言葉を葉さんが訳した。

『特に、缶材の圧延について、紹介していただきたいのですが』

王京海が発言した。

「もちろんです。缶材の圧延については、日本もようやく一九八〇年代から本格的に生産を始め、最近は材質の作りこみのため、熱間圧延設備の増強を、各アルミ圧延メーカとも実施しました」

葉さんの中国語が終わったとき、王京海の隣に座っていた老人が王と言葉を交わした。わたしはその老人の名刺を改めて見た。張幼春《ジャンヨウチュン》、総技師長、教授級高級工程師《こうていし》。どうやら王のブレーンらしかった。

『三千番台も五千番台も作っていますか？』

老人がそう質問しろと言ったのかどうか分からないが、王京海が専門的な質問した。三千番台のアルミ合金で、アルミ缶のボディを作り、それよりも硬い五千番台の合金で、缶のプルトップを作っている。

「明日詳しく話しますが、缶のボディ材もプルトップ材も、両方とも作っています」

二

わたしが答えると、張幼春が深く頷いた。外事部長の許命寿が部屋に入ってきた。

『今日はお昼を食べた後、龍門石窟《ロンメンシークゥ》をご案内いたします』

洛陽有色金属加工設計研究院から出た車は、舗装されていない道を走り始めた。二月の外の景色は冷たく、葉を落とし枯れた木々が道路わきにポツンポツンと並ぶ悪路を、車は上下にバウンドしながら進んで行った。

四十分くらい経った頃、大きな橋が見えてきた。洛陽市の南を流れる黄河の支流、伊河《いが》にかかっている橋で、伊河は支流と言いながらも、日本最大の長さをもつ信濃川と同じ程度の川幅を持っている。

車は橋の手前の広場で停まり、そこから歩いて橋の方に向かった。石造りの粗末な入場券売り場で十二元（当時のレートで二二八円。現在の入場料は百元前後）の入場料を払い、川沿いの舗装されていない道を歩き始めた。

入場するときにもらった、A4用紙と同じ幅の正方形の一枚口のパンフレットに、龍門石窟《りゅうもんせっくつ》記念という大きな文字と大仏のカラー写真があった。仏像の写真の下に『奉先寺大盧舎那像龕（唐）』と書かれてあり、「奉先寺《ほうせんじ》の大盧舎那像《だいるしゃなぞう》の龕《がん》」という日本語訳が付いていた。龕とは仏像を安置するくぼんだ場所のことで、日本語では厨子《ずし》に相当する。

パンフレットの裏の頁には、龍門石窟の地図と仏像の写真、中国語の説明と日本語訳があり、日本語で、「龍門石窟は、北魏の孝文帝が洛陽に都を移したころ（西暦四九四年前後）に造営しました。それ以後、東魏、西魏、北斉、北周、隋、唐および宋などの王朝を経ました。現在、まだ石窟と龕が二一〇〇余り、仏像が十万余り、仏塔が四十余り、碑銘《ひめい》や石刻《せきこく》が三六〇〇くらい残っている。一九六一年、中華人民共和国国務院によって、国家の重要な文化財と指定されました。」と書かれていた（二〇〇〇年に世界遺産に登録された）。

龍門石窟パンフレット
（1993 年 2 月 24 日）

丁寧語の中に一文だけ「残っている」という突き放した表現があり、いかにも中国らしいと思いながら、日本語訳を載せるほど、日本人が観光に来ているのかと思った。

われわれが歩いている右手の山の岩肌には、途切れることなく大小の祠《ほこら》が掘られ、その中に仏像があった。

しかし、仏像は破壊されていた。顔が削り取られ、もとの形を残しているものはほとんど無かった。

平日の昼下がりで、見物人はほとんどいない。千年有余《ゆうよ》の時を経て、わたしを待っていたのは、顔の無い仏像たちだった。

「紅衛兵《こうえいへい》の仕業《しわざ》だよ」

わたしの疑問に答えるかのように、隣に立っている細倉部長が言った。

「久野さんのお父さんは戦争の経験があるの？」

細倉部長が唐突に聞いてきた。わたしは咄嗟《とっさ》になんと答えようかと言葉を探した。

「終戦時には日本にいました」

「ずっと日本だったの？」

「いいえ、終戦になる前に日本に戻っていました」

「そうでしたか。おそらく苦労されたのでしょうね。久野さん、中国は初めてでしたね。この国では、政治の話や歴史の話はタブーですから、気をつけてください。特に先の戦争の話はダメです」

岩肌が急に途切れ、眼の前に大きな空間が現われた。先を歩いていた竹内部長が、右手の方向を見上げている。その先には急な階段があり、抉《えぐ》られた岩山の中腹に続いていた。階段を上りきると広場に出た。正面に九体の仏像があった。中央の仏像がひときわ大きく、これがパンフレットの大盧舎那仏《だいるしゃなぶつ》だった。ここだけは石窟が無く、岩肌を削り取り、その過程で仏像の形を残していくという工法を取っていた。

大盧舎那仏（1993 年 2 月 24 日）

建設された頃は木造の仏殿があったそうだが、長い時間を経てすっかり朽ち果て、仏像は外気にさらされていた。高さは十七メートル余りで、膝あたりから下は、他の仏像と同じように削り取られていたが、顔は無傷であった。理知に満ちた顔立ちで全体から優しさが伝わってきた。

他の仏像を破壊した者たちは、この顔の優しさのために壊すことをためらったのか？　あるいは、十七メートルを超える高さの仏顔まで、破壊の手が届かなかったのか？

破壊者たちは手当たり次第に壊していったものと思われるが、ここに来るまでの仏像で破壊を免れたものもいくつかあった。全て柔和な顔立ちであり、やはり、人を見つめる優しさに、破壊者たちが壊すのをためらったもの、とわたしは納得した。そして、そのことに微《かす》かな救いを感じた。

崖《がけ》には延々と、大小様々の石窟が続いていた。既に二時間近く歩いている。

「そろそろ戻りましょう。切りが無いし、夕食は洛陽のご招待だから遅れるわけにはいきません」

先頭を歩いていた柏倉が、疲れた声で言った。


夕方六時過ぎ、研究院からの迎えの車がホテルにやって来た。M電機の五人と細倉部長、通訳の葉さんと共に車に乗り込んだ。車は市街を研究院とは逆の方向に走った。

道路脇の電灯は、まるでエジソンが発明した大昔の白熱球のようで、ぼんやりと広がる橙色の球形の空間のみを照らし、街全体は暗闇の中に沈んでいた。

相変わらず悪路は続き、車は上下に大きく揺れながら進んだ。しばらくすると、古い町並みが暗がりの中に浮かび上がってきた。車が停まった歩道を隔てて店があり、淡い電飾が、『真不同《チェンプートン》』という看板の文字を浮かび上がらせていた。

店の前には、研究院院長の唐経岳と総技師長の張幼春が待っていた。二階の個室には、研究院の人間が五人、二つの大テーブルの周りの壁際に立っていた。

唐院長が、われわれ一人ひとりに右手を挙げて席を示し、続いて研究員の人間に席を指示した。

中国は序列を重視する。日本であれば、確かに上座はあるが、せいぜい部長、副部長の座る席を決めておくくらいで、あとは順不同だったが、唐院長は事前に我々の役職と専門を考え、座る席を決めていた。

第一テーブルのホストは院長で、院長の右側に細倉部長、左側に竹内部長が着席した。細倉部長の隣に通訳の葉さん、その対面に、M電機の美月課長と二人の研究院の人間が座り、院長の対面には外事部長の許命寿が座った。

第二テーブルのホストは総技師長の張幼春で、その右側にわたしが、左側にはM電機の柏倉が座った。私の右側には王志坤《ワンヂークン》が座る。王志坤の名刺には、洛陽有色金属加工設計研究院、外事部主任という肩書きと『翻译《ファンイー》』（通訳）という文字があった。

M電機の村木と小野口も同じテーブルで、初めて見る研究院の人間が二人いたが、若い王京海は姿を見せていなかった。研究院側は総じて、年齢の高い人間が出席していた。

テーブルに座るとすぐに前菜が運ばれてきた。給仕をする女性が、テーブルの上の小さなグラスを返して透明の酒を注《つ》いでいく。序列の順に張幼春、わたし、柏倉のグラスが酒で満たされた。

張幼春が、回転テーブルの上に載っていた皿から料理を箸で取り、わたしの眼の前の皿に置き、身振りで食べるようにと促した。続いて、柏倉にも同じことをした。

院長と葉さんが立ち上がった。われわれも立った。院長が中国語で話し始めた。区切りのいいところで葉さんが日本語に訳した。

「本日は、日本の高名なる細倉先生率《ひき》いるI重工業と、竹内先生率いるM電機の方々に遠いこの地、洛陽まで来ていただきました。洛陽は古い中国の都の地で、今日の午後、ご見学された龍門石窟に代表される遺跡がたくさんあります。技術交流の合間に、できるだけ先生方の見学を企画したいと思います。本日は洛陽水席《ルウオヤンシュイシー》という、有名な料理をお楽しみいただきます。この料理は、則天武后《そくてんぶこう》が好んだものと伝えられています。明日から三日間の技術交流の前に、十分英気を養ってください」

院長はグラスを差し上げると『干杯《ガンペイ》』と言い、自分のグラスを細倉部長、続いて竹内部長のグラスと合わせ、一気に飲み干した。

張幼春が私のグラス、続いて柏倉のグラスと合わせ、グラスを傾けたが飲み干さずにグラスをテーブルの上に置いた。そして、一気に飲み干して顔をしかめたわたしを見て、にやりと笑った。張幼春は『随意《スゥイイー》』と言った。

柏倉が、「スゥイイーは随意と書き、文字通り干杯を逃れる手だよ」と説明してくれた。いま飲んだ酒は白酒《しろざけ》、バイヂゥといい、度数が強く喉に焼けるような痛みを残した。

『私はもう歳だから、白酒《バイヂゥ》の干杯はやめているんだ』

張幼春が言い、その言葉を柏倉がわたしに告げ、「白酒《しろざけ》は五十五度くらいあるから、酔いがすぐに来る。気をつけたほうがいいです」と付け加えた。

料理が次々に運ばれてきた。料理を運ぶ女性たちは一品置くごとに、料理の説明をしてくれたが、柏倉の中国語ではそれらを逐一訳すのは無理だった。

いくつかの料理が回転テーブルに載った時、張幼春が給仕の女性に何か言った。女性はすぐに、Ａ４用紙を半分に折った大きさの、見開きのパンフレットを持ってきた。中央に料理の写真があり、説明書のようだった。

## 二

料理皿の写真の下に、『洛阳真不同飯店（洛陽真不同ホテル）』と店の名前があった。頁を開くと大文字で、『独具风味的洛阳水席（独特の味がある洛陽水席《らくようすいせき》）』とあり、びっしりと、中国語の文章が続いていた。

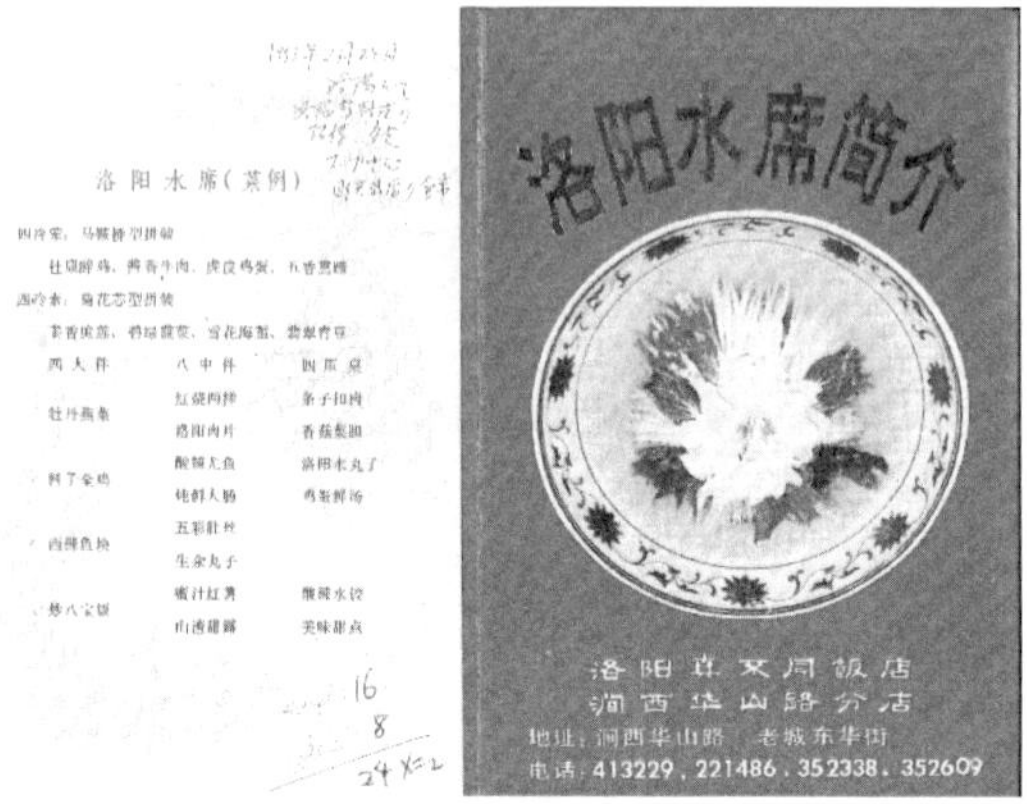


洛陽真不同飯店パンフレット
右：表紙
左：裏表紙、冷たい料理が八種、温かい料理が十六種、合計二十四の料理名が記載されている。

張幼春はその頁を飛ばし、引っくり返して、裏の頁をわたしに示した。『洛阳水席（菜例）』という文字があり、料理の名前が羅列《られつ》されてあった。張幼春はそれをわたしに説明し始めた。柏倉が少し慌てて、わたしと張幼春の間に立った。

「洛陽水席はスープ中心の料理で、冷たい料理が八種、温かいものが十六種、合計二十四の料理からできている」

柏倉はつづけて、「色々とこの先生は説明したが、趣旨は今の通りだよ」と笑った。

隣のテーブルでは、すでに『干杯』の

嵐が吹き荒れていた。

中国の人たちは、『干杯』の個人攻撃をする。一人ひとりが白酒の杯を持って日本人の前に行き、『○○先生、干杯』と言って一気に杯を空ける。日本人はそれに答えるために同じように杯を空けざるをえない。

五十五度もある白酒を飲み干していくうちに、酔いはまず脚にくる。立とうとしても膝が折れ、立てなくなる。そのうちに意識が朦朧としてくる。そして、その場に倒れこみ、次の朝、気づいたらベッドの中ということがよく起こる、と柏倉が言っていた。

「久野さん、隣のテーブルで乾杯してくるよ」

柏倉は、真っ赤な顔をしている細倉部長のテーブルに移動した。

今まで隣で笑いながら見ていた王志坤が、流暢な英語で、「久野さん、英語はできますか」と言った。

「何とか」

「それではこれから、英語で行きましょう。私が通訳しますから」

多くの疑問を抱えていたので、英語で話すのは都合が良かった。少し言い過ぎても、英語のせいにできると思ったからだ。

# 二

「アルミは日本では非鉄金属と呼ばれています。中国では有色金属といいますが、それは何故ですか？」

王志坤は、自分でも分かるという顔をしたが、わたしが張幼春に向かって言ったので、それを中国語に訳した。

『ロシア語からきている』

張幼春は眼の前の紙のナプキンに、人民服の上着の内ポケットから取り出した、古びてはいるが重々しい模様がデコレートされた万年筆で文字を書いた。

青い太い字のくっきりとしたロシア語、〝有色の金属〟が紙のナプキンに浮かび上がった。ロシア語は大学の第二外国語で履修《りしゅう》したので、奇天烈《きてれつ》なアルファベットからなる基本単語程度は覚えていた。

「有色の金属というロシア語です」

王が英語でわたしに言った。

『われわれは、最初ロシアに学んだ。しかし、もうロシアから学ぶことは無い。今は日本の技術を必要としている』

張幼春は白酒の杯をわたしに向け、『久野先生、干杯』と言った。そして、今日初めて、白酒の杯を一気に空けた。それに答えて、わたしもその日二杯目の干杯をした。喉が焼けるように熱かった。

張幼春が、白酒を注ごうとしていた給仕の女性に何か言った。女性は酒を注ぐのを止めて、部屋の裏手に行って小瓶を二本持ってきた。それをテーブルの上の別のグラスに注いだ。

『白酒を飲みすぎると胃が焼けるから、これを飲むといい』

張幼春の言葉を王志坤が訳した。張幼春はそれを一口飲んだ。私も口に含んでみた。甘酸っぱいが味がし、液体が食道から胃まで降りていくにつれて、そのあたりのダメージを修復していくように感じた。

「これは何ですか？」

「植物の果実から作ったジュースです。英語でなんと言うのか忘れましたが、中国では特に、年輩の人に人気があります」

王志坤が答えた。

「そうそう、年といえば、中国の人たちは、みな若いですね。みな若くして、日本では考えられない高い地位にいます」

王志坤は一瞬だが真顔になった。わたしはそれを見逃さなかった。少し躊躇した後、彼はわたしの言葉を張幼春に伝えた。

『久野先生は四十歳くらいですか?』

張幼春が言った。わたしは先ほど張がロシア語を書いた紙ナプキンに、自分のボールペンで43と書いた。

『久野先生は、中国は初めてですか?』

「初めてです」

張は中国語で何か言った。ところが、今まで同時通訳のようなスピードで訳していた王志坤は、それを英語に直すのに少し時間をかけた。

「張先生は、久野先生のお父さんは中国に来たかもしれませんね、と言っています」

確かに父は、四十九年前にここに来ている。日本軍は、昭和十九年(一九四四年)四月十九日に鄭州を占領し、五月二十五日には洛陽を占領している。父は、その一員であったはずだ。

張幼春は何を言おうとしているのか? わたしは言葉を探した。

「久野先生のご質問に答えるのは難しいのですが、わたしは今年、六十九歳になりました。

とっくに引退している年なのですが、それができないのです。中国には二度ほど試練がありました。五十年ほど前に一度、そして、三十年ほど前に一度。共に働き盛りを多く失いました」

張幼春は一瞬だが厳しい表情を浮かべた。王志坤は言葉を選ぶようにして、張幼春の言葉を英語に訳した。王志坤はできるだけ穏やかな言葉を選ぼうとしている、とわたしは思った。

張幼春のいう二度の試練が、五十年前の日中戦争と、三十年ほど前の文化大革命だということがすぐに分かった。さらに、張幼春が、引退している父親と同じ年だということを知り、わたしは愕然《がくぜん》とした。

張幼春は、五十年ほど前と三十年ほど前に、多くの若い中国人が死んだことを暗に言っていた。五十年前は日本のために多くの若者が命を落とし、そして三十年前は文化大革命で命を落とした。

## 二

洛陽に来た父は、中国側の張幼春と戦ったのかもしれない。双眼鏡のレンズに刻まれた無数の傷を思い出しながら、わたしはふと、そんな物思いにとらわれた。

「久野さん、中国では、政治の話や歴史の話はタブーだから、気をつけてください」

細倉部長が、龍門石窟で言った言葉を思い出した。わたしは深入りし過ぎている。隣のテーブルでは柏倉が乾杯の輪の中で、中国語で何か叫んでいた。そのたびに、中国の人たちが笑い声を上げげた。

話題をアルミ圧延技術に切り替えた。張幼春の眼鏡の奥の眼が光りを帯び、王志坤が安堵したように、一息ためいきをついた。

『久野先生、犬でも食べますか？』

いつの間にか、わたしの隣に来ていた葉さんが、張幼春の言葉を耳元で言った。

張とひとしきり技術論を戦わせた後、わたしは新しく出てきた蠍《さそり》のから揚げを箸に取って眺めていた。

第一テーブルでは、細倉、竹内、それに柏倉が研究院の誰彼かまわず、ビールと白酒で乾杯を繰り返していた。

洛陽水席のメニューには無いはずの蠍のから揚げを前に、食べるべきか否か迷っていた。それを見ていた張幼春は、犬を食べるかという言葉で、多分わたしをからかったのだろう。

「蠍に毒はないのですか？　食べても大丈夫？」

張幼春は笑った。

『養殖しているから大丈夫だよ』

その言葉に促され、蠍の姿そのままのから揚げを口に入れた。少し苦味があったが、サクサクとした歯ごたえで、ビールと共に胃袋に流し込んだ

二

張幼春との話から、ここに来て以来、訝《いぶか》しく思っていたことの答を得た。三十代の若い人を要職につける理由は、今はそのような若い人しかいないからだ。四十代半ばから五十代前半の該当者が中国にはいないのだ。それは、文化大革命のためだった。

あの時代、学生や知識人は、農村や辺鄙《へんぴ》な山奥に追いやられ、勉強をすることができなかった。そのため、指導者層になるべきその年代の人材が、ごっそりと欠落している。かといって、張幼春のような年配の者に、いつまでも国を任せていても発展は無い。苦肉の策が若者と老人との組み合わせ、王京海と張幼春なのだ。

実際、二十一世紀に入るまでの七年間に、わたしは三十回以上中国を訪れた。わたしが会うのは決まって若い幹部たちだったが、すくなくとも二十一世紀に入るまでの数年間は、その後ろに決まって、教授級高級工程師級の老人が立っていた。

中国は、歴史の必然から、否が応でも幹部の若返りが図られている。日本と違って若い力が動かす中国は、一度進み出すと加速度的に発展して行くのではないか、わたしはこの

とき思った。

翌朝、研究院の一階の講堂に一歩足を踏み入れたとき、数日前の北京駅と同じように、その場の人の数に圧倒された。昨日、唐所長が言った以上に、大勢の聴講者が集まっていた。

一九九三年当時、日本は一年間で四百万トン近くのアルミを消費したが、中国はまだ二百万トン程度だった。人口が十倍以上もあることを考えると、驚くほど少ない量だった。

この時代の中国では、アルミは建材やサッシなどの生活必需品向けに限られており、ビールやジュース用の缶材の生産は行なっていなかった。

缶材の生産のためには、アルミ用の仕上げ圧延機が三台から四台並んだタンデム式熱間圧延設備の導入が必要だということを、日本の商社が中国の関係先に焚《た》きつけ、そのため、われわれが日本から引っ張り出されたと言っても過言ではなかった。

ただ、圧延中のアルミ材の温度低下を防ぐためにも、タンデム式熱間圧延設備が必要であることは事実だった。

この年のＧＤＰは、日本がアメリカに次いで世界第二位で、中国はまだ七位の位置に甘んじていた。

黒板を背にして、細倉部長、竹内部長を中心にわれわれは用意された席に着き、大勢の人と正対した。説明資料が広げられるように、長い机が眼の前に置かれていた。

頭上には、赤い布地の大きな横断幕が下がっており、『日本I重工鋁加工技朮交流會』（日本I重工業アルミ加工技術交流会）という大きな文字が白い色で染め抜かれていた。

技術交流会（1993 年 2 月 25、26、27 日）

院長の唐経岳が、日本側のメンバーの名前と担当分野を紹介した。細倉部長が通り一遍の挨拶をし、葉さんがそれを中国語に訳した。今日から三日間、朝の九時から夕方五時まで技術交流が行われる。初めの一日半をI重工の機械、残りの一日半をM電機のモータや制御装置の紹介に割り当てた。葉さんが三日間の交流会の予定を中国語で黒板に書いた。

ところで、ここで困ったことが起こった。北京から朝一番で来るはずの川瀬所長と技術通訳がまだ着いていなかったのだ。汽車が遅れているのか？　この時代、中国の航空網は未だ十分に発達しておらず、外国人も内地へ移動する際は汽車を使うことが多かった。

「葉さん、今から説明を始めるけど、中国語に訳していただけませんか」

「だめよ、わたしできません」

中国の上流階級出身という葉さんは、当然のように答えた。眼の前には知識欲旺盛な大勢の人たちが待っている。わたしは焦った。

「久野先生、昨日のように、英語でやれませんか？」

見かねたのか、外事部長の王志坤が英語で言った。

「わたしが久野先生の英語を中国語に訳します」

「昨日はお世話になりました。そうですね、時間がもったいないので、英語でやってみましょう」

ＯＨＰ（オーバーヘッドプロジェクター）をセットし、今か今かと待っていた中国の人々に、わたしはにっこりと笑いかけ、技術説明を始めた。

『今日の缶製造プロセスは、圧延材の厚みと形状に最も厳しい品質を要求しています。このため、われわれは、圧延材の形状を改善するために、ＴＰ《テーピー》ロール、テーパピストンロールを開発しました』王志坤が訳した。

「この写真は、I重工横浜工場で、測定治具を使ってTPロールの外形寸法、すなわち。形の変化を測定しているところです。ロールの直径は一メートル三七二ミリ、長さは二メートル二百ミリあります。TPロールは三つの部品、アーバ、スリーブ、ピストンから成り立っており、スリーブはアーバに焼嵌《やきば》めされます」

「アーバっていうのはロールの芯で、それに円筒型のスリーブを嵌《は》め込むわけですね、抜けないように焼き嵌めして？」

王志坤の質問に、わたしは頷いた。

「このスリーブには、両端に各々、ロール長の三分の一程度の、ロールセンターに向かって狭くなるテーパ状の断面を持つ隙間が、円周に渡ってぐるりと設けられていますね？そこにこのテーパ状の断面を持つピストンを押し込んで、ロールの両端を膨《ふく》らませるわけですか？」

王志坤は通訳であるが、高級工程師（シニア・エンジニア）の肩書きを持っていた。そのためか、訳すというよりも、まず自分が知りたいと思うことを、わたしの説明の先回りをして、黒板の前でぶつけてきた。黒板の前で王さんとわたしは、事あるごとに議論を始めた。しばらく英語でやり取りをした後、おもむろに王さんが中国語で説明するということが午前中繰り返された。

『TPロールは、鉄の熱間圧延機で使われている、ワークロールをシフトしたり、ロールをクロスしたりして圧延板の形状を制御する圧延機と異なり、バックアップロールの外形の形を変えて、その形に倣うようにワークロールを撓《たわ》ませて、圧延板の形状を制御します。そのため、アルミ圧延材で最も重要な品質の一つである、表面光沢に悪影響を与えません。それが評価され、日本の大手アルミ圧延メーカ三社の、全ての熱間圧延設備に、わたしどものTPロールが採用されています』

わたしは会場を見渡した。その時、前から三列目に座っている若い男と目が合った。その男は先ほどから、わたしと王さんのやり取りを、ニコニコ笑いながら見ていた。濃いブルーの詰襟の質素な上着を着ているその男が、なぜかわたしは気になった。

このの ち、中国で何度かアルミ圧延設備の売り込みを行ったが、案件は動かなかった。

この頃中国は国づくりに忙しく、道路や空港の整備に必要な鉄鋼材を必要としており、製鉄所の建設に力を注いでいたからだった。

二

洛陽有色金属加工設計研究院幹部との記念撮影
（1993 年 2 月 27 日　最前列右から 2 人目が著者）

三

七年後。

二〇〇〇年の夏季オリンピック開催国に立候補した中国は、その前後から旧ピッチで道路などのインフラの整備に取りかかり始めた。北京空港も一九九九年に日本の援助で大改造が行なわれて三倍の広さになり、近代的な蒲鉾《かまぼこ》型の屋根を持つ無味乾燥な第二ターミナルが増設された。その後、中国各地の基幹空港は、全て北京空港と同じデザインの大型の建物に建て替えられていった。

その頃、北京空港から北京市内へ続く道路は、未だ舗装もされず砂埃《すなぼこり》が舞っていたが、ついに舗装《ほそう》工事が始められた。

わたしはそれを見ながら、この国がオリンピックを引き受けるのは時期尚早だと思った。結局、二〇〇〇年の夏季オリンピックの誘致には失敗し、二〇〇八年まで待つことになった。

当時中国は、「鉄は国家なり」を具現化するかのように、製鉄産業に力を注いでいた。

I重工業が関与した製鉄関係のプロジェクトだけでも、武漢《ぶかん》、鞍山《あんざん》、唐山《からやま》があった。どれも熱間圧延工場の改造、または新設案件で、四百億円規模の巨大プロジェクトが次々と実行に移されていった。

このような大型プロジェクトの中国側のトップは、例外なく共産党員の肩書きを持っており、日本勢も日本を代表するM商事を筆頭に、M重工、M電機、T外炉のMグループの各社とI重工が参加した。

I重工業はM重工の競合先であったが、技術的にM重工を凌駕する特色ある圧延設備を有し、中国側の評価も高かったので、M商事も日本側のコンソーシアムに加えざるを得なかった。M商事は、系列会社のM重工と競合のI重工を同列に扱った。「儲けることが最優先」とM商事の担当部長は言い放った。

三

第三ミレニアムが始まってすぐに、アルミなどの非鉄圧延設備についても、案件が動き始めた。一九九〇年に、I重工が旧ロシア製の設備を改造した中国の大手アルミ圧延メーカ、西南アルミから、設備更新の打診が来たのだ。

二〇〇〇年四月五日。

わたしは中国重慶《じゅうけい》市に来ていた。重慶市は、アジア最長の川である長江（揚子江）上流の四川盆地東部に位置し、下流に武漢、南京を配する、中国の直轄市中の最大の都市である（北海道より広い）。

西南アルミ有限公司《ヨウシイエンゴンスー》は、市街から車で二時間近くの山の中にあった。山をくり抜いて作っただだっ広い工場に、Ｉ重工業が改造したシングルスタンドのアルミ熱間圧延機一基が、ぽつんと据え付けられていた。工場の高い天井は削り出しの自然の岩盤だった。

「久野さん、この工場すごいだろう。もともとは日本軍の爆撃を避けるために、山腹を削って建設したそうだ。わたしも十年前に始めてここに来たときは度肝を抜かれた。とにかく、工場の入り口以外は岩盤だからね。中国人はやることがでかいよ」

アルミ圧延設備の専門家、圧延機計画部の松浦《まつうら》課長が言った。

七年前に中国洛陽で共に仕事をした細倉部長は、二年前に定年退職していた。彼は退職する年の一年間、毎日八時に出社し五時半に退社したが、その間、全く仕事をしなかった。

毎日八時間、般若心境の模写で時間をつぶしていた。わたしは失望し、彼と疎遠になっていった。

## 三

わたしと松浦課長二人の前を、I重業工北京事務所の張世江《ジャンシージィアン》と西南アルミ重慶工場長の尹暁輝《インシアオフウイ》が喋りながら歩いていた。尹暁輝が突然立ち止まって振り向いた。

「松浦さん、十年振りでしょうか、と尹さんは言っています」張世江が訳した。

「そうですね。ここに来たのは十年ぶりです。お互いにあの頃は若かったですね」

張世江の中国語を聞いて、尹暁輝は微笑んだ。松浦を見る眼は優しかった。

『中国の、ほかへは行かれましたか？』

「秦皇島《しんのうとう》の渤海《ぼっかい》アルミに、昨年数回お邪魔しました」

『そうですか。あそこも確かに、熱間圧延設備を購入する計画はありますが、西南のほうが先になるでしょう』

そう言って、再び尹暁輝は歩き出した。

ひと通り工場を見学して、事務所棟に戻った。事務所棟に入ると、コンクリートが打たれた広い部屋があり、部屋の中央に、地面から一メートルほどの高さのコンクリート壁で四角に囲われた五メート四方のプールがあった。

『これは防火用水を溜めているプールです。十年前、圧延機が建ち上がって祝賀会を催した時、酔った御社の建設部の方がここに飛び込みました。松浦さん、覚えていますか？』

「覚えています。酔っ払って飛び込んだのは宝来《ほうらい》です」

『わたしも今よりずっと若く血気盛んだったので、日本の方々に続いて飛び込もうかと思いました。でも、上司がいたので止めました。宝来さんはお元気ですか？』

「元気です。今、製鉄圧延設備の建設で、鞍山《あんざん》製鉄所に行っています」

『満州ですか。今はまだ寒いでしょうね。私にとって、十年前のI重工とのプロジェクトは、会社に入って初めての大きな仕事でした。松浦さんや宝来さん、日本の方たちが一生懸命やってくれたので、期限どおり完成させることができました。そして、十年経った今も問題なく稼動しています。本当にありがとうございました』

尹暁輝は松浦に笑いかけた。松浦は少し慌てて一礼した。


平成十二年（二〇〇〇年）六月七日。父は七十七歳で他界した。

大正十二年に生まれ、平成十二年に亡くなった。同じ十二の年に生という偶然と死という必然が起こった。わたしはこの符合にあとから気づき、父ともう少し語り合えば良かった、と後悔した。

死の前日、北九州市若松区の個人経営の総合病院に、入院している父を見舞った。

父は膝を曲げ、未だ一七五センチもある長身を横にして眠っていた。点滴の針が腕に突き刺さり、尿を導く管《くだ》が体に取り付けられていた。体はそれほど痩《や》せてもなく、顔もやつれてはいなかった（相変わらずのイケメンだった）。

ただ、このような状態から、いかにして父は蘇ることができるのだろうか……答が見つからないことに、わたしは絶望感を覚えた。

そのとき、父は眼を開いてわたしを見た。

「頑張らなければだめだよ」

父は答えず、再び眼を閉じた。

翌朝、横浜の会社の席に座った時、机上の電話が鳴り、父が死んだことを告げられた。

# 三

日本軍の空襲に備えて、山肌の岩盤を削って建設された重慶のアルミ圧延工場。おそらく、戦闘機に使用する軽量のアルミ合金を製造するための工場だったのだろう。

このような突拍子もないことを実行に移して向かってくる敵に対して、父はどのように戦ったのか？　岩盤の中に建設されたアルミ圧延工場を父に話して、父に戦争のことを聴きたいと思ったが、その機会は永久に失われた。

中国で転戦しているとき、年が一番若かったので、進んで斥候などの危ない任務を引き受けた。日本軍の主力戦車、チハ車（九七式中戦車）の車体に乗って移動した。それ以外に、戦争のことはほとんど話さなかったので、やはり辛いことが多くあったのではないかと思う。

特に、陸軍は相手と向き合って戦う。このことが、父の口を閉ざさせた理由ではないか？寡黙な父と比べて、饒舌な伯父から戦争の話を聞いたとき、そのように思った。

伯父は父より二歳年上で、終戦時は海軍主計中佐まで上り詰めていた。剣道六段、バリバリの職業軍人で、旧制若松中学を一番で卒業すると、海軍経理学校に進んだ。そのころの海軍経理学校や海軍兵学校は、全国の旧制中学の首席クラスが集まる超エリート校で、その下に東大や京大がランク付けされていた。

伯父と父は旧制若松中学では、文武両道で名を馳せた兄弟だったと、のちにわたしの母の妹と結婚することになった同じ若松中学出身の叔父が言っていた。

その伯父がある時、高校生だったわたしにこんな話をした。

「総一郎君、ゼロ戦複座機の後部座席に座って、その頃、乗り込んでいた戦艦武蔵と隣に停泊していた駆逐艦の上を飛んだことがあった。上から見ると、風呂桶と洗面器のようで度肝を抜かれた」

こんなことも言った。

「海軍でゼロ戦の塗料を研究していた時、ドイツのメッサーシュミットの塗料を調べる機会があった。ドイツの塗料は耐久性が日本のものよりも数段上で、大いに感心した」

そう、伯父は、わたしが宗像の家で最初にあったときの険しい雰囲気を、完全に拭い去っていた。あれから五十年近くの時が経っていた。

三

二〇〇一年、八月十七日から二十七日まで十一日間、途中一日の休みを除いた十日間ぶっ続けで、西南アルミとの最終技術談判が、北京で行なわれた。

二〇〇〇年四月に、わたしと松浦課長が重慶を訪問した時に始まった小さな打ち合わせが始動し、その後数回、重慶で技術会議を持った。

西南プロジェクトは中国の国家プロジェクトの一つに格上げされ、商談のレベルに進展した。そのため、中国側には、西南アルミの担当者以外に、技術を取り仕切る、洛陽有色加工設計研究院と、金を取り仕切る、日本の商社のような働きをする中国アルミ国際貿易有限公司（略称、ＣＨＩＮＡＬＣＯ《チナルコ》）が参加していた。

顔合わせの日、総勢三十名近くの中国側のメンバーと、日本側のＭ商事、Ｍ電機、そしてＩ重工の三社、総勢二十名の日本側の人間とが一同に会した。そして、中国側に、有色金属加工設計研究院の院長にまで上り詰めた、王京海がいた。八年ぶりの再会だった。

中国の人たちはとにかくよく働いた。今回の応札には日本勢とヨーロッパ勢二社の計三社が参加した。一社に付き五日間の技術談判（技術打ち合わせ）、それに引き続く土、日二日間の中国側単独の技術評価。続く三日間の最終交渉。それを一こまとして、三社分の計三こま、彼らは一ヵ月間休み無く、過酷なスケジュールで働き続けた。

初めて中国を訪れた八年前の、のどかな時間の流れはもはや影も形も無くなっていた。中国はこの頃、ほぼ先進国並みの産業基盤を形成しつつあった。

西南アルミのプロジェクトリーダ、技師長の陈风初《チエンフォンチュ》を見るたびに、わたしは死んだ父を思い出した。

父は戦争から戻るとすぐに、大手のＨ製作所の金属部門に職を得たが、その後Ｈ製作所から分離独立したＨ金属若松工場で、主に圧延機などに使うロールの設計を担当した。

昭和三十年代後半、四十代に入る頃の父と、小学生のわたしは、起きている間に家で顔を会わせることはほとんど無かった。父は夜遅くまで残業し、そして朝は早く家を出た。

プロジェクトリーダとして人一倍働き、時々疲れた顔を見せる陈风初に、わたしは死んだ父親を重ね合わせていた。

三

# 四

二〇〇一年八月二十七日。

北京での西南アルミとの打ち合わせが終わるとすぐに、松浦課長、北京事務所の張世江と共に、北京空港から襄陽劉集《シイアンヤンリィウジー》空港へ飛んだ。

湖北省丹江口《ダンジィアンコウ》市の、水力発電会社のアルミ圧延設備の引き合いに対して、技術説明を行うためだった。丹江口市は湖北省東北部、長江最大の支流、漢江《かんこう》の上中地域に位置する県と同じ区分の市、いわゆる県級市《けんきゅうし》である。

夕方、地方の小空港、襄陽劉集空港に着き、レンガ造りの粗末な空港ビルに入った。到着ゲート出口で、「I重工業　松浦先生」と書かれた大きなカードを振っている、背の高い若い男が待っていた。

空港ビルを出たところに、日本のN自動車製の大型バンが停まっている。荷物を後ろの座席に積み込むとき、男が名刺を差し出しながら言った。

『あなたには昔、会ったことがある』

張世江が訳した日本語を、わたしは聞き違えたのかと思った。

男の名刺には、『潘复明《パンフーミン》、汉江水利水电（集団）有限责任公司、发展计划部、工程師』とあった。

汉江は日本語では漢江と書き、揚子江最大の支流である。水利水电は水利水電、すなわち水源と水力を意味する。发展计划部は日本語で開発計画部と書く。

『昔、洛陽でアルミ圧延に関して、久野先生の講義を聞きました。ずっと以前のことです。わたしは学生でした』

八年前、洛陽有色金属加工設計研究院の大講堂で、通訳の王志坤と英語でやりあった情景が眼の前に浮かんだ。二人のやり取りを、笑顔を浮かべて見ていた詰襟の若い男の顔が、眼の前の潘复明の顔と一致した。さすがに、詰襟の人民服は着ていなかった。

広大なる中国、隣接した省とはいえ、河南省洛陽と湖北省丹江口は数百キロ以上も離れている。八年前に洛陽で出会った王京海と北京で再会し、十日も経ずして、同じ洛陽でわたしの講義を聞いたという潘复明と、北京から遠く離れたここ丹江口で再び出会った。

このようなことが二度も続いて起こるとは。中国という大地に不思議な力が宿っているのか？　わたしは少し感動していた。

『久野先生の講義は、とても興味深いものでした。私はここで、アルミ圧延をやることを考えています』

「久野課長、彼は本当に懐かしがっていますよ」張世江が付け加えた。

車は山間の舗装されていない狭い道を走り続けた。ホテルへ着く前に、途中のレストランで夕食となったが、上座にはわたしが座らされた。

夜八時過ぎに、『丹江口龙山宾馆』(丹江口龍山賓館《りゅうざんひんかん》)に到着した。運転手と二人でロビーまで荷物を運ぶと、潘夏明は、『明日、朝八時にお迎えに参ります』と言った。

このあと別れるまで、潘夏明は、昔中国にいた教授級高級工程師に接するように、わたしを下にも置かない扱いで遇してくれた。

漢江水利水力発電会社の建物は三階建てで、上から見ると長軸がかなり長い楕円形をしていた。その楕円は中抜きで、中抜きの部分に樹木が茂った広い中庭があった。

われわれは中庭に面した二階の廊下を、潘夏明に付いて歩いていた。夏の終わりであったが、丹江口は鹿児島より南に位置しているので、暑さは厳しかった。

会議室には十人ほどの人が待っていた。皆かなり若く、開発計画部の部長という斉耀华《チーイヤオファ》でさえ四十代前半に見えた。ただ、八年前には必ず後ろに控えていた、教授級高級工程師の年寄りの姿は無かった。

『本日は遠くまでおいでいただき、ありがとうございます。アルミ圧延設備では、中国でも有名な、I重工業の技術を紹介していただけることを楽しみにしていました。われわれは、シングルレバース圧延機で、粗仕上げ兼用の、熱間圧延機を購入することを計画しています。この機械について、最新の技術の紹介をお願いいたします』

斉耀华の挨拶を張世江が訳した。

シングルレバース圧延機とは、一台の圧延機で何回も往復して圧延する、可逆式圧延機のことを指す。

松浦課長が立った。

「丁重なるご挨拶ありがとうございます。ご希望の圧延設備でしたら、わたしどもはすでに十五年前にGARMCO《ガルムコ》（一九八一年にバーレーン、イラク、クウェート、オマーン、カタール、サウジアラビアの政府によって設立されたアルミニウムの圧延、切断、製造のための中東初の合弁会社）に入れております。それから時間も経ち、その間に板厚制御や

## 四

形状制御、温度制御の技術に一段の改良を加えました。本日と明日の午前中にかけて、われわれI重工業の最新の技術をご紹介したいと思います」

張世江の中国語に、斉耀华は満足げに頷いた。

『バーレーンのGARMCOに、御社の機械が入っていることは知っています。わたしどもは、西南アルミのように缶材を目指しているのではありません。豊富な電力をベースに事業の多角化を考えており、その一環としてのアルミ圧延なのです。詳しくは、技術主務の潘复明がご説明いたします』

潘技師は立ち上がると、出席者全員にA4一枚の紙を配った。それには、アルミ合金の三種類、#1050、#3003、#8011について、最終製品の板厚、板幅が記載されていた。

『この三種類の明細について、お手元の表に記した範囲の製品を生産します。最終製品は、印刷用のPS《ピーエス》版の基板、アルミ箔《はく》の元板《もといた》、クーラーのフィン材となります』

PS版とは、オフセット印刷の平板を作成するための感光材料で、支持体（基板）上に感光層が塗布されており、露光、現像だけで容易に製版ができる。支持体として、アルミニウムが一般的に使われている。アルミ製フィン材は、伝熱性の良さを生かし、クーラーの熱交換器に使用されている。

「何ミリ厚のスラブを使う予定ですか？」

松浦課長が質問した。それを張世江が中国語に訳した。

『六百ミリ厚を考えています』

「三種類の明細ともに一番薄い板厚は二ミリですか。六百ミリ厚のスラブを二ミリまで薄くするためには、圧延パスの回数が増えます。そのため圧延時間が長くなるので、圧延中のアルミ材の温度が低下して、材質に問題が生じる恐れがあります。二ミリの仕上げ厚みでしたら、四百ミリ厚のスラブを使うことをお勧めいたします」

松浦課長が答えた。通訳の張世江を介して、潘技師と松浦課長のやり取りが、何回か繰り返された。

松浦課長はわたしに視線を向けた。わたしは口を開いた。

「潘技師は、四百ミリ厚のスラブだと生産量が落ちることを心配しています。しかし、われわれは、六百ミリ厚だと温度が低下することを懸念しています。

アルミ圧延では、圧延板の温度管理が重要となるのは、みなさん、ご存知の通りです。わたしどもが開発したシングルレバース、アルミ圧延用のパススケジュール計算プログラムで、四百ミリ厚と六百ミリ厚のスラブに付いて、実際に計算して、圧延板の温度降下を比較してみましょう。その結果を考慮して、わたしどもからスラブ厚み、パススケジュールをご提案いたします」

張世江の中国語に潘技師は頷いた。

張世江は昨年、I重工業北京事務所に採用された。彼は北京科技大学で工学博士号を取得しており、日本語が堪能な上に技術全般に詳しかった。そのため、技術説明の細部にわたって詳しく説明する必要もなく、的確な中国語に訳してくれた。

午前中が終わると、潘さんは、われわれ三人を中庭の片隅にあるゲスト用のレストランに案内した。入り口には売店があり、お菓子や白酒、紹興酒《しょうこうしゅ》のほかに、この地方の民芸品らしきものがショーウインドーに陳列されていた。

広いレストランにはテーブルが二十ほどあったが、われわれの他に客はいなかった。窓際の眺めの良いテーブルが用意され、会議の途中で席を外した、部長の斉耀华と新顔の男が一人待っていた。

男は名刺を差し出した。『华焕灵《ファファンリン》、发展计划部、项目经理』とあった。项目经理とはプロジェクト・マネジャーを意味する。

四

『华《ファ》さんが、今回のプロジェクト全体の責任者です』

斉部長が言った。

名刺を交換している間に料理が次々と運ばれてきた。

『ビールでも飲みましょう』

斉部長が、壁際に立っていた給仕の女性に手を上げた。テーブルに伏せられたグラスを給仕の女性が次々に引っ繰り返していく。それに続いて、もう一人の女性が手際よくビールを注いだ。斉部長が立ち上がり、グラスを自分の眼の前にかざした。

『午前中はご苦労様でした。非常に有意義な技術の紹介で、勉強になると若い者が言っておりました。今日の午後と明日の午前中の残り一日ですが、引き続き、よろしくお願いいたします。明日の午後は、ダムと発電所の見学を予定しております』

張世江の日本語が終わると、斉部長は『干杯』と言った。

『この会社は一九五八年に始まり、一九七四年までの第一期工事で、ダムを中国独自で設計建設し、丹江口水利センターを発足させました。長江（アジアで最長の川。最下流部を揚子江と呼んでいる）の治水と水資源を北方に運ぶため、そして、電力の確保です』

グラスのビールを飲み干した潘复明が、わたしに言った。

中国北部は慢性的な水不足に見舞われていたので、南方地域の水を送り、これを解消するプロジェクトが実施された。これを南水北調《なんすいほくちょう》といい、丹江口ダムもその一環として、建設された。

「毛沢東主席と関係あるのですか？」

一九五八年といえば、毛沢東の中華人民共和国が成立してから九年後のことだ。若い張世江はわたしの質問の意味を理解しかねたのか、一瞬首を傾げたが、そのまま中国語に訳した。

『毛主席が、このプロジェクトの計画を指示されたと聞いています』

潘復明の言葉に、斉部長が続けた。

『一九七四年に第一期工事が終わると、多角化を目指しました。フェロアロイ工場、アルミの押し出し工場やカーバイド工場を建設しました。わたしはその真っただ中の一九八一年に会社に入りました。今後は、原料だけでなく付加価値の高い製品を作る必要があると考え、豊富な電力を利用したアルミの圧延を計画しているのです。アルミ圧延を次のターゲットにすることは、潘技師の提案です。潘技師から、八年前の洛陽での久野先生の講義の内容を聴きました。わたしどもは、I重工業のアルミ圧延設備と技術を必要としています』

斉部長は、給仕の女性が注いでくれたビールグラスを持ち上げると、眼の前に掲《かか》げた。他の人間もグラスを持った。『干杯』という言葉が再び響いた。

翌日の午前中は、前日までのアルミ圧延技術の紹介に関する質疑応答に当てた。

昼食後、大型バンで舗装されていない道を一時間ほど走り、丹江口ダムの発電所の建物に着いた。

鉄製のドアが開くと、冷たい空気が顔全体を覆った。高い天井に取り付けられたいくつもの照明灯が、コンクリート製の、窓の無い広い空間に設置された、ねずみ色の大型発電機六基を浮かび上がらせている。

『これは最近更新したドイツ製の発電機です。発電容量は六基で九十六・五万キロワットあります』

ドイツ製エレベータで、ダムの堤上《つつみのうえ》に上がる。

『堤の高さは一七七・六メートル、貯水量は二九〇億立方メートルです』

「久野さん、黒四《くろよん》の総貯水量って、確か二億立方メートルくらいだったと思う。桁違いだね」

四

松浦課長が驚いたように言った。

「桁が二桁違います」わたしは答えた。

堤のコンクリート製の柵をつかんで体を乗り出し、青い水で満ちた遠くまで広がる湖を見渡した。湖の先には、濃い緑色の平原があり、地平線近くに低い山脈が連なっている。見渡す限り人家などは見当たらず、景色の中に人の気配が全く無い。空を見上げると、雲が低く垂れ込め、地平線で山脈の尾根に連なっていた。

わたしは父のことを考えた。父はこのような広い大地を銃や重い装備を担いで歩き、走り、匍匐《ほふく》前進した。どれほどの苦行であったろうか？

堤の端に門型クレーンが見えた。コンクリートの堤面には、二条のレールが埋め込まれている。そのレールを見ながらクレーンの所まで歩いた。黙っていた潘复明が口を開いた。

『このクレーンはダムの補修用のもので、レール上を走ってダム全体をカバーできるようになっています。』

それから潘复明はダムの端に設けられている水路を指さした。

『この水路は船が通るためのもので、ダムの水位によって異なりますが、三段式となっています』

三段式とは、船が通過する閘門《こうもん》（運河とダムの間のように、水面に高低差がある場所で、水位を昇降させて船を通す装置）が、三段階の水位を調節できるように造られていることを意味する。

死んだ父のことを考えながら、説明する潘复明の顔を見た。日焼けした浅黒い顔。日本人と全く変わらない風貌があった。隣に立っていた松浦課長が何か言った。張世江が訳した。

『船が通ることはめったに無いので、この水路はあまり使っていません』

潘复明の中国語を日本語に訳している張世江の顔を見た。眼鏡の奥に潘复明と同じ、そして日本人と変わらない黒い瞳があった。

四

一七七・六メートルの高さの堤にいる自分の位置から、周囲に首をめぐらせた。遠くに見える山々以外は、三六〇度四方、遮るもの一つない広大な地表があった。

日本人はこのような広い大地を、本当に征服できると思ったのだろうか？　二十歳の父はこの場所に来て、どのようにして日本に戻るつもりだったのだろう。五十年前は鉄道線路も数少なく、整備された道路など皆無であったろう。

父は絶望的な気持ちにならなかったのか？　もしかしたら、父の若い心は、凱旋《がいせん》する気

上：丹江口ダムを下流側から見たもの。左端に閘門が見える。
下：ダムの堤の上を閘門の方へ歩いていく。

持ちで満ち満ちていたのか？

ダムを見学後、その日のうちに、河南省の南阳《ナンヤン》（南陽）市に向かう、われわれを送る宴会が催された。斉部長は、日本円で二万円もするという白酒を、松浦課長とわたしに勧めた。

『良い酒は胃病を治します。わたしの友人はこの酒で胃潰瘍を治しました』

隣で松浦課長が首を傾げていたが、『しかし、飲みすぎると腰を抜かします。発電機を据え付けに来たドイツ人のスーパーバイザーは、うまい、うまいと言って飲み過ぎ、立てなくなりました』

斉部長の言葉に、松浦課長は納得したように頷いた。

水力発電所から南陽までは約百五十キロあり、会社が車で送ると申し出てくれた。中国の会社は礼を重んじるのか、空港への出迎えと見送りはこちらが頼まなくとも、どの会社も例外なくやってくれた。もっとも、社会インフラがまだ未成熟な中国のような広い国で、企業のこの対応が無ければ、われわれ日本人は、まずもって目的地へたどり着けなかっただろう。

片道二時間程度はまだ良い方で、南陽までは四時間近くかかると潘复明が言った。

車に乗り込む時、潘技師はわたしの手を強く握って、「またすぐに来てください」と言った。

車は舗装されていない山道を下って行く。左側反対車線は断崖に面していたが、申し訳程度の落下防止の柵があるだけだった。ぞっとするような山道を、車は速度を緩めることなく進んだ。

しばらくすると平地に出た。農家が道に沿って並んでいた。車は農村の真ん中を突っ切る広い道を進んだ。

穀物の袋を満載したトラックがやって来た。積んでいる袋の数が尋常ではなかった。トラックの屋根からはみ出し、屋根までの高さの二倍も積まれていた。左右二段積みで、二本のロープで車に括《くく》り付けられている。トラックが揺れるたびに、今にもこぼれ落ちそうに袋の束も揺れた。すれ違うとき、われわれの車に、山積みされていた穀物袋がぶつかったが、何事も無く通り過ぎていった。

農家の建物はレンガを積み上げただけの粗末なもので、家の周りの柵で囲まれた敷地は茶色の粘土でぬかるんでいた。ダムのおかげか、水は豊富にあるようだった。

敷地には牛が放し飼いにされており、一頭が家の中の土間で、農夫にブラシで腹をこすられていた。農夫の上半身は白い下着のシャツ一枚で、牛と同じように体中に乾いた赤土が付着し、一部は白く乾いていた。農夫は家畜とともに寝起きしているのではないか、と思わせる光景だった。

宴会の時に飲んだ白酒の酔いが回り始め、わたしは夢の中にいるような気分だった。陽炎《かげろう》のように外の光景が脳裏に映ると同時に、わたしは自分が農夫になって牛の腹をこすっているような錯覚に囚《とら》われた。水を含んだブラシで牛の腹をこすると、茶色の泥水が体や顔に跳ね返ってくる。全身が言いようも無い不快感にとらわれた。それが、今から半世紀も前の、小学校時代の記憶を呼び起こした。

# 四

その頃、北九州の若松に住んでいたわたしの周りには自然が溢れていた。人が踏み均《なら》してできた赤土の急な山道、家の周りを取り囲む水田、漆黒の夜の闇、うるさいほどの蛙の鳴き声。

夏の日、田圃《たんぼ》の水の中に、裸足《はだし》の足を踏み入れるとき感じる一瞬の冷たさが、わたしは好きだった。柔らかい土を踏みしめる。足の甲まで土の中に埋まり、足の裏全体で土の感触を楽しんだ。

わたしは弟といっしょに広い田圃を歩きまわり、あかはら（イモリ）を探した。見つけると右手に持った竹の棒で突き刺す。棒の先は小刀で削って鋭く尖らせてあった。わたしと弟が歩いたあとには、あかはらの死骸が幾つも水の中に浮いていた。

白酒の酔いでいつしかわたしは眠っていた。夢を見ていた。

竹の棒で突き刺したイモリが突然、浅黒い顔の潘复明に変わった。わたしは恐怖を覚え、潘复明に突き刺さっている竹の棒を引き抜こうとした。死なないでくれと心底思い、ひどく汗をかいてわたしは目覚めた。人を殺したという罪悪感が気持ち悪く纏《まと》わりついていた。戦争とはこういうものなのか、父はこれを実体験したのか？　わたしは初めて父の戦争の悲惨さを理解した、と思った。

松浦課長に起こされた。眠っている間に南陽に入り、車はホテルに横付けされていた。荷物を降ろした運転手は、満面笑みを浮かべて、車をもと来た道に向けた。あたりは薄暗くなり始めている。今から四時間かけて会社に戻る。あの山道に差しかかる頃には、文字通り真っ暗闇になっているはずだ。街灯の無い山道を無事に帰れるのだろうか……彼らの強靭さを思い、わたしは心配することをやめた。

宿泊先は小さなホテルで、ただ、旅館と記してあるだけで名前さえなかった。夕食を簡単に済ますと、疲れたから部屋で休むという松浦課長を残し、張世江と外に出た。

ホテルの前の通りを少し歩くと、両側にだだっ広い歩道がある広い通りに出た。歩道には街灯が一定間隔で並んでいたが、橙色の暗い光がその周りを照らすだけで、町全体は暗闇に隠れていた。通りには車も無く、遠くに数人の人が歩いているだけだった。

張世江が、歩道に並んで建っている、ガラスの嵌《はま》った掲示板の一つの前に立ち止まった。中には、新聞が張られていた。

「壁新聞です」張世江が言った。

「何が書いてあるの？」

「この地区で青年某が、穀物の生産で優秀な成績を上げて表彰されたとか、今年度の綿の生産の目標の達成率とか、人々を鼓舞する記事が多いです」

「そう言えば、ホテルから日本へ電話はかけられる？」

「だめです。日本からの電話は受けられるけど、かけることはできないそうです。まだ、工事がそこまで進んでいないと言っていました。明日、北京に着いてかけるか、お急ぎでしたら、わたしの携帯をお使い下さい」

張世江は、北京事務所に備え付けの衛星携帯電話を持って来ていた。中国のように通信インフラが未発達の国では、必需品であった。

歩いていた張世江が立ち止まり、空を見上げた。わたしも張世江が見ている先を見上げた。一面に星が瞬いている。

「ここでは、まだ星が見えますね。最近北京では、街が明るくなり、星が見えにくくなりました。毎年大晦日に、友だち数人と郊外の万里の長城に遊びに行きます。雪が積もった長城の壁に登って、尻で滑り降りるんです。あのあたりまで行くと、夜空は星で一杯です。楽しかった」

わたしは張世江の顔を見た。

# 五

## 祖父の戦争体験記

# 戦争に行ったおじいちゃん

6年2組　久野　瞬
祖父名　久野　實

昭和十八年に福岡県の久留米《くるめ》、第五十五部隊《ぶたい》（工兵連隊《こうへいれんたい》）に入営《にゅうえい》した。

満州《まんしゅう》（今の中国）チチハルの工兵予備士官学校《こうへいよびしかんがっこう》にて教育を受け、見習士官《みならいしかん》となって、北京《ぺきん》に派遣《はけん》となり、戦争《せんそう》に参加《さんか》する。

たびたび、同僚《どうりょう》および部下《ぶか》の戦死《せんし》に遭遇《そうぐう》し、しばしば危険《きけん》な目にあった。

米軍《べいぐん》が日本に上陸《じょうりく》するという情報《じょうほう》により、内地要員《ないちよういん》となって、鹿児島《かごしま》の山村《さんそん》に派遣《はけん》されて軍務《ぐんむ》に精励《せいれい》した。その間、たびたび、鹿児島市内の空爆《くうばく》を望見《ぼうけん》して、くやしく思ったが、自分の心の隅《すみ》では日本も、そろそろ終わりだと実感《じっかん》した。

戦争終結後《せんそうしゅうけつご》、故郷《ふるさと》に帰ったが、入隊《にゅうたい》してから約三年間、色々な事があり、多くの国民および戦友が、国のために亡《な》くなり、今日の平和の時を迎《むか》えた。

五十年前の過去《かこ》の出来事《できごと》を、愛する孫達に話して、二度と戦争がないよう、全世界の人々がおたがいに信じあって、仲よく生活が出来るようにと願ってやまない。

祖父は陸軍中尉《ちゅうい》だった。戦いの時、敵軍の弾が、祖父の持っている軍刀のさやに当った。あと二十センチくらいで、祖父の体に当っていた。実に運が良かった。（終わり）

二〇〇六年の年末。

息子の部屋の紙の束を整理していた妻が、「1995年度　戦争体験記　6年2組版」

という息子の小学校六年生の時の文集を見つけた。

息子は大学に入ると下宿すると言い出し、家を出た。部屋はずっとそのままにしておいたのだが、暇になった妻が俄然片づけに目覚め、息子の文集に行き当たったというわけだ。

わたしが初めて中国に行ったのは一九九三年で、その二年後に書かれた息子の一文を、初めて眼にした。そこには、わたしの知らない父の戦争のことが書かれていた。

父が戦争に参加したのは、二十歳から二十二歳までの三年間だった。甲種合格だと母に聞いていたが、甲種幹部候補生として、満州チチハルの陸軍予備士官学校で学んだと、その文集から初めて知った。

予備士官学校で学び、見習士官となって北京の原隊へ復帰した。その後少尉に任官され、北京から鄭州まで進んだことは、数少ない父の言葉として直接聞いていた。息子の一文にあるように、終戦前に帰国し、鹿児島に派遣されたのだ。

あの上野駅のエピソードは、父が中国から帰国して、上野までたどり着いたときのものだったのだろう。戦火の中国内地を移動し、日本に戻る船に乗って、おそらく福井の港あたりにたどり着いたのだろう。昭和二十年前後の空襲の激しい内地を移動するのも命がけだったろう。上野駅にたどり着いたときは、空襲など気にならないほど疲れ果てて眠りこんでしまい、目が覚めたら、駅の周りは焼けていた。よく命を長らえたものだと思う。父は運動ができた。柔道二段であったが、意外なことに、アイススケートが得意だった。

北九州の若松は、冬になっても池に氷など張らない日本の南に位置している。そこで育った父が、なぜアイススケートができるのか？　ずっと疑問に思っていたことを、息子の文集の一文から知ることができた。

チチハルは満州でもかなり北方に位置し、緯度から見ると北海道の稚内よりもさらに北にある。冬の訪れも早いだろうし、一年のうちの長い間、氷に閉ざされた極寒の地であっただろう。娯楽の無い兵役訓練の間に、父がスケートを始めたのは想像に難くない。

あの戦争中のつかの間の休み時間に、スケートを楽しむ若い父の姿を想像し、わたしは少しだけ安心した。

十五年前に、わたしの息子に語られていた父の少しの真実。息子の文章の漢字のほとんど全てにはふり仮名が振られていた。おそらく、父が可愛い孫のために、この文章を一生懸命書き、その時十二歳だった息子が読めるようにふり仮名を振ったのだろう。しかし、最後の四行は息子の言葉で書かれていた。

「祖父は陸軍中尉だった。戦いの時、敵軍の弾が、

満州「チチハル」にて
（甲種幹部候補生見習士官）

昭和 18 年 11 月 12 日
入営直前の祖父

祖父の持っている軍刀のさやに当った。

あと二十センチくらいで、祖父の体に当っていた。

実に運が良かった。」

息子の一文には二十歳と二十一歳の時の父の写真が添付されていた。入営直前の二十歳の父の顔は明らかに暗い。自分の先行きがどうなるか分からないという不安が、表情に表れている。

しかし、戦時陸軍の過酷な訓練が父を鍛えたのだろう。見習士官となった父の顔には、もはや憂いも陰りも全く見えない。軍刀を抱いて座り、真っ直ぐ前を向いている。顔も二十歳の時よりふっくらとし、体も大きくなっていた。

このの ち父は、あの双眼鏡のレンズ表面に刻まれた、無数の傷が示す過酷な戦争に参加していったのだ。

二〇一〇年四月二十日。

わたしは中国山東《シャンドン》省済南《ジーナン》市に来ていた。中国最大の自動車用プレス機械メーカ、済南二机床集団有限公司《ジーナンアルジーチュアンジートゥアンヨウシェンコンス》（済南第二工作機械グループ有限会社）と業務提携に関して協議するためだった。

「久野さん、もう少しゆっくり話してよ。わたし聞き取れないよ」

王秀英《ワンシゥイン》が言った。わたしは横に座っていた李志文《リーヂーウェン》を見た。李志文は頷いた。わたしは話す速度を少し緩めた。

対面に座っている中国人のエンジニアたちは、わたしが話した後で、それを中国語に訳す李志文の言葉に集中すればよいはずであったが、皆熱心にわたしの話に耳を傾けていた。しかし、通訳である王秀英は違っていた。あくまでもわたしの話を、わたしの日本語で理解しようとしていた。今回のI重工の提案は、中国側にとっても重要な内容を含んでいるので、通訳の王秀英は神経質になっていた。

『久野先生、われわれは中国一のプレス機械メーカであり、三年先まで受注を抱えています。先ほどの工場見学でご覧になったように、仕掛品《しかかりひん》（製造途中の段階で、未完成の状態の製品）を置く場所が無く、通路にまで仮置きしている始末です。そのような状態で、特に御社と組むメリットを見出せません』

技術担当副社長、周自強《チョウズージィアン》の言葉を王秀英が日本語に訳した。

「われわれI重工業は、最初にお会いしたときの会社紹介でもご理解いただけたと思いますが、総合重機械メーカであるということに御社と違った特徴があります。それは、次の二つに要約されます」

そこで言葉を切り、李志文が中国語に訳すのを待った。その間に、I重工のプレス機械の世界における販売実績を示すパワーポイントのスライドを、眼の前のノートパソコンのファイルから取り出した。

「一つは、先日の会社紹介でもお話した、プレスと物流とを組み合わせた自動車工場のFA《エフエー》化を志向できるということ。もう一つは、スライドをご覧ください。I重工業のプレス事業部が、全世界に納入したプレス機械です。北米のアメリカ、カナダ、中米のメキシコ、アジアの中国、韓国、台湾、タイ。ヨーロッパはイギリス、スペイン、トルコ、ロシア。全世界十一カ国の二十六自動車工場に納入しています。すなわち、グローバルな市場展開を志向できるということです」

中国人たちはいっせいに、ホワイトボード横のスクリーンに映し出されているスライドを見た。スライドには世界地図があり、I重工業が納入したプレス機械を使用して、自動車のパネルを生産している工場の位置が示されていた。

李志文が地図上の一点一点をレーザーポインターで指し示しながら、会社名と工場の所在地を中国語に訳した。世界の主要な自動車会社のほとんどが含まれていた。

周自強は分かったというような顔をして、早口の中国語をわたしに向けて放った。言葉は分からなかったが、彼が何を言いたいのか理解した。王秀英の口から。予想通りの言葉が発せられた。

「ざっくばらんにお話いたしますが、御社がわれわれに期待するものは一体何でしょう?」

王秀英は無表情に周自強の言葉を告げた。わたしは相手からこの言葉が出るのを待っていた。こちらから物乞いのように提携してくれと言いたくはなかったからだ。

四年前の二〇〇六年十月の人事異動で、わたしは自動車用プレス機械の責任者に任命された。それまでわたしは、圧延機などの製鉄機械を担当してきたので、はなはだ迷惑な話だった。

Ｉ重工業の自動車用プレス機械は事業として見ると、いわゆるジリ貧で、会社の上層部から事業撤退を迫られていた。製鉄機械を担当していたわたしは、同じ事業部に属してはいるが、毎年毎年多額の赤字を垂れ流す、自動車用プレス機械事業を潰せ、と発言してはばからない急先鋒の一人であった。

「それではもう一回、プレスにチャンスを与えますから、久野さん、担当してみてください」

本部長の言葉遣いは優しかったが、有無を言わせない鶴の一声だった。わたしは、プレス・プロジェクト部の部長職を拝命した。

事業を立て直すために、最初の二年間で新型プレスを開発するとともに、事業構造の見直しを進めるという計画を立て、上層部の承認を得た。

同時に、部内の責任者を一新した。プレス機械は圧延機と違い、ボス級の部長が部の空気を支配しており、若手が自由に発言できる雰囲気がなかった。

ボスどもは二言目《ふたことめ》には、「そんなことはできません」と言う。新しい技術開発を打診すると、考えもせず即座にできないと言う。わたしは彼らを外し、若い課長級を抜擢した。

開発の方は、技術開発本部の優秀な若手の助けもあり、順調に進んだ。当時、まだ世の

# 五

中になかった新型サーボプレスと、位相差制御を含む高速搬送装置を実用化した。

しかし、高値張り付きのプレス機の生産構造は如何ともし難かった。プレス機械を作るためには、まず厚板鋼板を切って（板取という）部品を作り、次に溶接して機械の形を作っていく。I重工業のプレスは板取を外注に頼っていたため、生産の第一工程からコスト削減ができなかった。

当然ではあるが、外注の気持ちとしては、できるだけ大きい鋼板のロスを出し、それをスクラップとして手中に収めたい。都合がいいことに、I重工のプレス担当者は、そのような〝些細なこと〟は、厳しく査定しなかった。外注から見れば、I重工の仕事はうま味がある〝いい仕事〟だったのだ。

その後の工程も似たようなもので、その結果、日本の競合メーカに比べて、出し値が十パーセント以上も高かった。


二年後の二〇〇八年九月。

わたしはフランス、パリ郊外にあるＰＳＡ《ピーエスエー》・プジョーシトロエン本社を訪れた。ＰＳＡがロシアのカルーガに建設する、自動車のパネル生産工場向けのタンデムプレス・ラインの引き合いに応札するためだった。

海外の案件に応札する場合、I重工より低い出し値の日本の競合他社の、さらに十パーセントほど低い価格設定が必要だった。これは、プレス機械の作り方から根本的に変えていかなければ実現できない。しかし、既に時間も事業体力も無い。

わたしは、福井県の、競合先でもある日本の中堅プレス専業メーカへ提携を申し入れた。PSA向けの見積もりは、タンデムプレス機械四台を提携先で作り、プレス間の搬送装置とプレス制御システムを含む、プロジェクト全体をI重工業がまとめるというスキームを作って、金額を積み上げた。I重工業単独より、出し値は二十パーセントほど安くなり、競争力がある金額だと思った。

# 五

PSA本社、ドストエフスキーという名札がかかっている会議室で打ち合わせた。フランス人はロシアでの仕事のやる気を鼓舞するためか、各会議室にロシア人の著名な芸術家の名前をつけていた。ドストエフスキー、トルストイ、チェーホフ、シャガール……。さすがに芸術の国の住人たちだった。

二日間の打ち合わせで、フランス人はI重工業の技術を高く評価した。日本に戻り、出し値の客先評価について、パリに残って探っていた、国際営業部の菅野部長の電話連絡を待った。

「久野さん、シモネッティに言われました。われわれの出し値はＰＳＡでは許容できない。世界には二社、Ｉ重工よりも安い会社があるそうです。スペインと中国です」

二年間の根回しの後、わたしは中国に乗り込んだ。ＰＳＡ購買部長、シモネッティに言われた世界の二社の中の一つ、済南二機床有限公司と業務提携を結ぶのが目的だった。

「久野部長、そろそろ行きましょう」

振り向いたＩ重工北京事務所の李志文が言った。その隣で済南二机床の王秀英が微笑んでいる。

わたしたち三人は大きな写真の前に立っていた。写真の中では、日本軍の兵士が跪いている中国人の首を落とすべく、日本刀を振り上げている。中国人の顔には明らかに恐怖があった。

李志文と王秀英の二人は、わたしより二歩ほど前に立って、中国語で何か喋りながらその写真を見ていた。わたしは彼らの肩越しに、中国語の横に併記された英文の説明を読んだ。

日本兵が中国人の耳をそぎ落としたなど、英文の説明書には残酷な記述が並んでいた。前に立ってお喋りをしている二人は、一体何を考えているのか、そして、振り向いたとき、わたしに何を言うのだろうか？　そんなことを考えながら英文に眼を走らせていた。

二人は同時に振り向いた。

彼らの態度に全く変わりはなかった。それどころか、二人ともいつもと同じように、微笑を浮かべている。そこには、日本人のわたしを咎める表情は無い。わたしは安心したが、同時に、そのことを不思議に思った。

父の言葉を思い出した。

「お父さんは昔、中国で戦ったんだよ。北京から鄭州まで進んで行った……」

わたしは二人のうしろを歩きながら、振り返って、再びあの写真を見た。日本兵は父親の顔をしていなかった。わたしは安堵した。

## 五

二〇一〇年五月二十三日。

「どれもみんな、日本より高いよ」宋君《そうくん》が言った。

「宋君、子供の靴って、日本でも結構高いよ」

わたしはいつも、中国人の部下の宋○○を宋君と呼んでいた。○○に入る漢字は中国特有の難しい字で、社内ではカタカナで記されていた。

「三五〇元もするよ。これだったら、日本の方が安く買える。やめたよ」

三五〇元、日本円で三五〇〇円くらいか。確かに一歳になるかならないかの子供の靴としては高い。

済南《ジーナン》デパート一階の子供用品売り場をひとしきり見たあと、地階の食料品売り場に行った。日本のデパートやスーパーマーケットに比べても遜色のない食料品が揃っていた。中国の人が好んで食べる豚足などの食品も、冷凍品売り場に山積みにされていた。

済南デパート地下一階
日本のデパートより明るい
(2010年5月)

この十年の間に中国は加速度的に発展し、今年、GNPは初めて日本を追い越し、世界第二位となっていた。文化大革命の結

## 五

果、中国のあらゆる分野で指導者の若返りを進んだ結果だと、わたしは密かに思っていた。十七年前、初めて中国を訪れたとき、三十代だったその当時の指導者層は、いま四十代後半に差しかかり脂が乗り切っている。

しかし、中国の若い指導者層の対面にいる日本人は五十代が中心だった。時代の進歩は、素早い決断を要請する。日本は中国の後塵を拝するのではないか、わたしは危惧していた。わたし自身、すでに六十歳の年を迎えていたが、まだ一線にいた。

前回の済南二機床との打ち合わせで、業務提携を結ぶ前に、直近の案件に協同で対応し、うまくいけそうだったら、正式に契約を結ぼうということになった。

『まず、案件を一つやってみて、提携はそれからにしましょう』

副社長の周自強《しゅうじきょう》は、ノキアの携帯に引っ切り無しにかかってくる電話に対応しながら、わたしに言った。

日本に戻ると、営業担当から、日本のN自動車が中国進出を強化し、鄭州市の中国の自動車メーカと協同で、新しい工場建設をするという情報が入ってきた。営業がこの工場に入れるタンデムプレス・ラインの引き合いを持ってきたのだ。

十七年前、汽車に乗り遅れて予定の無かった鄭州に行くことになった。今回も済南での仕事が、再び鄭州に結びついた。わたしは亡くなった父が、むかし駐屯《ちゅうとん》していた鄭州に、再びわたしを引き寄せているのではないか……不思議な物思いにとらわれた。

昨夜、わたしは、部下の宋君とともに済南に入った。宋君は上海生まれで、名門の上海交通大学を卒業し、日本大学理工学部に留学した。卒業後、日本の中堅の製造会社で二年ほど働き、I重工業への途中入社を希望した。機械の品質管理をやりたいということだった。人事部からの意向を受けたわたしは、横浜工場の品質管理部門への受け入れを決めた。五年前のことだった。

デパートを出て、通りを横切ろうとした時、大型乗用車がスピードを緩めずに突っ込んできた。かろうじて身をかわしたわたしに向かって、大音量のクラクションを鳴らした。

「うるさい、馬鹿やろう！」

思わず怒鳴った。横にいた宋君が言った。

「うるさいかもしれないけど、馬鹿ではないですよ」

眼鏡の奥の丸っこい小さな目が、わたしを見つめた。

「でも、車を蹴飛ばしたくなるくらい、頭にきています」

宋君は真顔で言った。

# 五

大会議室の会議机二つを向き合わせて並べ、わたしと周自強は互いに相手の顔に触れられるほど近くに座っていた。隣に宋君がいたが、日本で生活をしている宋君は、日本人のわたしと中国人の周との架け橋のような役目を果たした。

周自強は、済南二機床のタンデムプレス機四台の制作費、現地建設工事費、立ち上げ調整費を算出したエクセルの表を一枚持ってきていた。わたしが数字の一つ一つに細かい質問をすると、周は丁寧に答えた。それを宋君が訳してわたしに伝えた。

宋君は機械に詳しく、また、わたしの部下でもあったので、単に通訳をするだけでなく、中国方《ちゅうごくがた》の思惑なども言葉にせずにメモなどでわたしに伝えた。この日、済南二機床側の通訳、王秀英は出張して不在だった。

周自強は自分で答えられないことがあると、携帯でしきりに電話をして、わたしたちの前に回答を積み上げていった。朝の九時から始めた打ち合わせは、途中昼食をはさみ、夜の九時過ぎまで続き、ようやく大筋がまとまった。

『詳細は明日からですね。久野先生、ご苦労様でした』

周が立ち上がった。今夜、日本から、設計担当と建設サービス担当の五人が済南に入る。細かい打ち合わせを、明日から二日間予定していた。

『これから会議があるので、夕食は一緒に食べられませんが、明日は皆さんとご一緒します』

周はわたしと宋君を、四階建て管理棟の玄関口まで見送った。外には、われわれをホテルまで送る会社の大型バンが停車していた。


ホテル・ソフィテル済南のロビーで、宋君が降りてくるのを待っていた。済南へ来ると定宿にしている五つ星のこのホテルは、一九九九年開業のフランス系の資本が入った高級ホテルで、済南二機床がいつも予約してくれた。済南二機床値引きがあり、中国ではかなり高い方に入る宿泊料が少しだけ安くなった。

広いロビーの端にあるチェックインカウンターには、今し方到着した白人のビジネスマンの列が出来ていた。ソファに座って雑誌をめくっていると、宋君が横に座った。感情をほとんど表に出さない宋君にしては珍しいことだが、今にも笑みがこぼれそうな顔をしている。

「うれしそうだけど、いいことでもあった？」

何気なく聞いてみた。

「いやぁ、個人的なことです」

「でも、いいことがあったんだね？」

「そう、いいことといえば、いいことです」

宋君は、眼鏡の奥の小さい真ん丸い目をわたしの方に向けた。

「ぼくの奥さんが医師の国家試験に合格しました」

とっさに中国の試験か、日本の試験のどちらに合格したのか、判断できなかった。そして、中国人の奥さんが、日本の私立大学医学部の付属病院で働いている、と聞いたことを思い出した。

「日本の試験？」

宋君が満面笑みで頷いた。

「そりゃあ、すごい。日本人でも大変なのによく受かったね」

心底《しんそこ》わたしは驚いていた。というのも、宋君が会社の昇進試験を受けるときに、日本語で書かれた試験問題に苦労していることを知っていたからだ。

一度、会社の人事担当部長にそれとなく、外国人なのだから母国語で試験を受けるような便宜を図ってもよいのではないか、と打診したことがある。しかし、日本の会社の幹部登用試験ですから、基本的には日本語を理解してもらう必要があります、とそっけない返事が返ってきた。それでも宋君は、日本人より一年遅れただけで、課長代理になる昇進試験に合格した。医師の国家試験は、それよりはるかに難しいはずだ。

「今日はお祝いだ。おごるからね」

# 六

　宋君とともにホテルを出ると、緩い勾配の歩道を上って行った。通りは街灯や建物の照明で明るく、少し歩くと右手に、『山东新闻大厦《シャンドンシンウェンダーシャ》（山東新聞ビル）』という大きな看板が壁面に架かった背の高い建物があった。

　その前の横断歩道を渡ると、若い人間の群れに取り囲まれた。すぐ左手にアーケードの入り口があり、そこが若い中国人たちの目当ての場所らしかった。

アーケードには、『银座新天地广场《インズオシンティエンディーグアンチアン》（銀座新天地広場）』という看板があった。わたしは宋君とそこに入って行った。

　左右にハンバーガーや中華料理、スタンドバーなどの飲食店とゲームセンターがあり、ゲームセンターは、高校生から大学生くらいの若い人間で鈴なりであった。

　突き当たりに円形の広場があり、その広場を飲食店と居酒屋、娯楽施設が取り囲んでいる。店の照明や街灯のため、広場は昼間のように明るかった。広場の奥まったところに鍋専門の店があり、宋君がそこに入ろうと言った。

窓際の席に向き合って座ると、すぐに若い男の店員が鍋や皿、長い取り箸とお玉、それにお絞りと箸を持ってきた。

鍋は定額制で、カウンターに並べられている野菜や肉などの材料を取ってきて、鍋に入れて食べる仕組みであった。材料は野菜や肉類、麺類など種類が多く、何回取りに行ってもよかった。ビールを注文し、わたしと宋君は材料集めに席を立った。

「先月、一人で来た時、趵突泉《しゃくとつせん》公園に連れて行ってもらった」

ビールを飲み、無言のままひとしきり食べたあと、わたしは口を開いた。

趵突泉公園は有名な観光地で、名泉と言われる趵突泉《しゃくとつせん》がある。済南は泉の湧き出す町として古くから知られており、同市周辺には七十二の泉がある。趵突泉はその第一位とされ、二七〇〇年前の春秋時代から知られている。

「趵突泉《バオトウチュエン》、そんな時間あったんですか？」

宋君は関心なさそうだった。

「泉にはきれいな水が一杯だったけど、勢いよく飛び出すという意味の名前とは違って、噴水のように吹き出してはなかった。湧き出るっていう感じだったよ」

「地下水を工業用水用に汲み上げ過ぎているので、水量が減っています」

宋君はお湯が煮え立っている鍋に、野菜を入れながら言った。

「アザラシも元気に泳いでいたよ」

「アザラシ？　あそこは淡水なのにアザラシですか？」

腑《ふ》に落ちないような顔をした。

「宋君も知らないの？」

済南趵突泉公園パンフレット

宋君は小さい眼でこちらを見上げた。それからビールのグラスを持つと、半分ほど残っていたビールを一息で飲み干した。

「まだ、趵突泉には行ったことありません」

「二機床の王さんの案内で、北京事務所の李さんと一緒に行った。その日は午前中、二機床の社内会議があったので、わたしとの打ち合わせは午後三時からになった。向こうが気を利かして、観光に誘ってくれた。朝から雨が降り、寒い日で、いつもは賑わっていると王さんが言っていたが、見物客は少なかった」

「それは良かったと思います。中国の有名観光地は、だいたい人だらけですから」

宋君は相変わらず興味なさそうで、「たれを入れてきます」と言って席を立った。

わたしは目の前のグラスを取り、温《ぬる》くなったビールを一口啜った。そして、奥の調理場の入り口に立っていた若い男に手を上げて、眼の前のビール瓶を指差した。男は頷いて、調理場に姿を消した。

宋君が席に戻ってきたとき、新しいビールを持った店員の男がやって来た。男がビール瓶をテーブルの上に置いて、栓を開けた。わたしはそのビール瓶を持つと、宋君のグラスに注ごうとした。

宋君が少し慌てて、グラスを持ち上げ、わたしの方に差し出した。宋君のグラスを一杯にすると、自分の空のグラスにビールを注ぎ、グラスを持った。宋君もグラスを持ち上げた。

「遅れてしまったけど、今日はおめでとう。医師の国家試験って大変だったと思うけど、奥さんよく頑張ったね。本当に良かった」

店に入って初めて、宋君の顔に笑顔が浮かんだ。グラスを合わせて音を立てると、二人同時に「乾杯《かんぱい》」と言った。

「ありがとうございます」

宋君はグラスのビールを半分ほど空けて、再び鍋を突っつきはじめた。

「さっきの話だけど、趵突泉のあと公園内をぶらぶらした。そしたら、二人はある建物に入って行った。入ってすぐに大きな写真があった。日本の兵隊の写真だった」

その時わたしは、巧みな日本語を話す眼の前のわたしの部下、一緒に仕事をしている宋君も中国人だということに、初めて思いが至った。それが次の言葉を躊躇《ちゅうちょ》させた。箸を止めた宋君は、眼鏡の奥の小さな丸い眼を見開いた。

「日本兵が、中国人の首でも切ろうとしている写真ですか?」

宋君の声の調子は、ふだんと全く変わっていなかった。あの時、李志文と王秀英の二人も同じように顔色一つ変えずに、わたしの方を振り返った。

何故だろう? 写真の中にはわたしと同じ日本人がいた。その日本人は軍刀を振りかざし、恐怖の色を浮かべている中国人の首に、今にもそれを振り下ろそうとしていたのに……。

六

わたしは怖かったが、それを同じ中国人でも、〝こちら側〟にいる宋君に聞いてみようと決心していた。

「あんな写真は中国のいたる所にあります」

宋君が先に口を開いた。

「でも、わたしにとっては初めての経験だったから、面食らった」

「久野部長は何回くらい中国に来ていますか？」

「一九九三年が最初で、それから四十回くらい来ている」

「一九九三年、十七年前ですか。わたしが上海の高校にいた頃です。十七年間で四十回も来られているのに、初めての経験でしたか。部長は今まで、わたしと同じような良い中国人とばかりと付き合ってきたのでしょう。皆が皆、良い中国人ばかりではありません。日本人でもそれは同じでしょ。それに、中国は豊かになり、人は自分のことしか考えていません」

話が思いがけない方向に進んでいたが、わたしは宋君の話をもっと聞きたかった。会社では聞けない内容だったからだ。

「じゃあ、李さんと王秀英がわざと連れて行ったのかな？」

「そうではないと思います。それに、李さんは、Ｉ重工だから関係ないよ。王秀英が意地悪したのかも知れない。でも、済南は中日戦争が起こる前に、日本軍と蒋介石の軍隊が衝突した町だから、記念館の一つや二つがあってもおかしくない……思い出しました。趵突泉公園には確か、その記念館があったはずです。中日戦勝記念館だったら、独立した立派なものが別にあります」

宋君は小さな声だったが雄弁だった。

あとから調べると、済南《さいなん》事件は一九二八年に起こっており、そのとき父はまだ五歳だった。

「王秀英がそんな意地悪をするかなぁ……」

「いま、われわれは二機床と事業提携の交渉をしています。部長は結構ハード・ネゴシエータだから、二機床もきつい相手だと思っているはずです。李さんやわたしは、部長の日本語をそのままストレートには伝えない。部長はまだましな方で、ほかの日本人でそのまま訳すと、即交渉決裂になる場合が多々あります。だから、われわれは、中国人が受け入れることができる中国語に直します。それが交渉ごとには必要です。中国人の気持ちは、同じ人間同士でも日本人には決して分かりません。しかし、王秀英はかなり日本語が出来ます。二機床は十年前に、日本のK機械工業と提携しています。王秀英はそのとき、日本の福井県に八ヶ月ほど滞在しています。日本のことをかなりよく知っています。部長の言葉の言外の意味を、部長の態度から感じ取ろうとしています」

「そう言えば、打ち合わせの席でたびたび、もう少しゆっくり話してくれないと聞き取れないと言われたことがあった」

「多分、今回のことは悪気も無く、観光していたら、たまたまそこに戦争の記念館があったということだと思います。でも、王秀英には誠意を尽くして話して下さい。通訳するのはわたしや李さんですが、部長の言葉は全て、王秀英の色眼鏡を通して、中国側に伝えられます」

わたしは宋君の半分ほど空いたグラスにビールを注いだ。それから自分のグラスをビールで一杯にすると一気に飲み干し、空になったビール瓶を持ち上げて店員に示した。彼はすぐに調理場に姿を消した。鍋の中では煮過ぎて白くなった羊肉と牛肉が、趵突する湯の中で揺れていた。

「宋君もそう思っているの？」

わたしは酔いが回るのを感じた。

「そうって、どういうことですか？」

「つまり、日本人に対してだけど」

宋君は鼻の上でずり落ちている眼鏡を、右手の親指と人差し指でテンプルを挟んで、持ち上げて直した。

「学校でも習いましたし、大きな町には必ず抗日戦勝記念館があります。否が応でも日本人を嫌いになります。しかし、ある年になって日本人と付き合ってみたら、みな変わります。昔の日本人に悪意があったとしても、今の日本人ではない。昔より今が大切です。中国人は一般にドライです。今をより良く生きたいと思っている。それに、中国のことは中国人にも実はよく分かっていません。広大な国土に十三億人以上が住んでいる。わたしは上海で生活していましたが、満州のことや内モンゴルのことなど分かりようがない。その点日本は、こぢんまりしていて分かりやすい。概して人間は中国よりもいいです。街もきれいだし。それに、何と言っても、奥さんは日本で医者になりました。日本人が嫌いでは困りますし、嫌われても困ります」

## 六

店を出てアーケードを抜け、再び通りに出た。十一時を過ぎていたが、店の明かりは消えることなく煌々《こうこう》と灯《とも》り、若者たちが未だ大勢たむろしていた。車も多く、クラクションの音が騒々しかった。空を見上げたが、街の明かりのため、星は全く見えなかった。

「星は見えませんよ、大都会の街中では絶望的です。もう少し電飾を減らせばいいのに。電力が余っているわけでもないのに」

横を歩いていた宋君が言った。

「確かに、九年前に行った南陽の街は真っ暗だった」

わたしは南陽で夜空を見上げていた張世江を思い出した。張世江は五年前に北京事務所を辞め、その代わりに李志文が入ってきた。李志文は日本の大学を出て、日本で自動車メーカに就職したが、花粉症に耐えられなくなって中国に戻った。日本には六年ほど住んだと言っていた。

ゆっくりと歩いていた宋君が、突然立ち止まって空を見上げた。

「昔と違って少しはましでしょうが、地方の町は今も昔と似たようなものです。この明るさは大都会特有のものです。中国人は倹約をしないから。せめて、星が見えるくらいに明かりを絞ればいいのに」

さらに続けて言った。

「一三八億年ですよ、今は」

宋君が何を言っているのかわたしには理解できなかった。

宋君に倣《なら》って空を見上げた。微かな星の瞬《またた》きを認めた。わたしは右腕を上げ、人差し指をその方向に向けた。

「確かに、微《かす》かに星が見えます。宇宙が生まれてから今まで一三八億年が経ちました」

宋君が言った一三八億年という時間を考えた。歴史の長い中国でさえ、高々四千年の経験しかない。そして、日本と中国の戦争が終わってようやく六十五年が経とうとしていた。まだ、百年にも満たない。

2010 年の済南の夜景

中国の人に、戦争のことを忘れろと言っても無理なのかもしれない。中国の教育や戦勝記念館が、若い人に新しい記憶を植えつける。わたし自身も、父親の言葉を頭から拭い切れないでいる。

「お父さんは昔、中国で戦ったんだよ。北京から鄭州まで進軍した……」

しかし、千年も経てば、みな全てを忘れ去っているだろう。多分、千年後には資源の枯渇、環境問題など、〝それどころではない〟ことが数限りなく起こっているはずだからだ。そして、千年という時間は、宇宙の時間尺度では一瞬のまたたきに過ぎない。

宋君一家はいま、日本に生活基盤を作ろうとしている。まさしく、今、それどころではないはずだ。


父や父の戦友、そして父と戦った中国の人たち。皆歴史の大きな渦、国家の潮流に呑み込まれたのだ。日本人も中国人も、一人ひとりはちっぽけだが、それが集まって大きな流れを作る。動き出した巨大な慣性は、いつの間にか人間の力では制御できなくなる。それが戦争というものなのだろう。

わたしは、死ぬまで年齢を感じさせなかった凛々しい父の顔を思い浮かべた。七十七歳で父は亡くなった。父の戦争はもう終わったのだ。

中国で出会った人々、張幼春《ジャンヨウチュン》、王京海《ワンジンハイ》、王志坤《ワンジークン》、尹暁輝《インシアオフウイ》、陈风初《チェンフォンチュ》、潘复明《パンフーミン》、斉耀华《チーヤオファ》、周自強《ヂョウズージィアン》、王秀英《ワンシウイン》、I重工業の張世江《ジャンシージィアン》、李志文《リーヂーウエン》、そして、宋君……。

この地球上で彼らと共有した時間を、わたしは誇らしさと共に、これからも思い出すだろう。

# 六

二〇一一年末。

宋君からメールが届いた。済南二機床とI重工業が協同で受注した、タンデムプレス・ラインに入れる二機床製作のプレス機械の性能検査のため、既に一週間、済南に滞在しているとのこと。機械の性能検査が終わったあと、機械を据え付ける鄭州の工場に、済南二機床の担当者と共に出張すると書いてあった。

父の時代を乗り越え、明らかに新しい、平和な時間が動き始めていた。

# 参考資料

わたしが中国へ行きはじめた一九九三年は、中国の人たちが新しい技術を渇望していた時であった。その頃のわたしは、アルミ板や銅板、さらに鋼板を造る圧延設備を主として担当していたので、対面の中国側にも相応に技術力の高い有能なエンジニアがいた。「鉄は国家なり」という言葉に象徴されるように、一九九〇年代は、全世界的に、鉄を作る技術に有能な若者が集まっている時代だった。

ただ、この頃の中国の人たちはまだ勉強中で、日本も含めた外国の技術資料を（著作権は無視して）、手元に集めて読解する段階にいた。わたしも、I重工技報に掲載したいくつかの論文を、眼の前の担当者に出して見せられ、驚いたことがある。

しかし、二〇〇〇年を超えたころから、若返った指導層の下で（本文参照）、自分たちの意見を主張し始め、怒涛の如く、技術的に進化していった。

中国がなぜこのように急激に変貌を遂げたか、興味がなかったこともあり、わたしはまったく知らなかった。しかし、二〇一九年六月二五日の、あるテレビ番組を観て、眼からうろこが落ちたようにすべてを納得した。わたしが観たのは再放送だったが、次の番組である。

番組名：「中国〝改革開放〟を支えた日本人」

ＢＳ１スペシャル　二〇一九年二月十日（土）放送、九十九分間の番組である。

わたし自身、中国が突如、計画経済から改革開放へ舵を切ったいきさつを知らなかった。ただ、改革開放から十五年を経た中国へ出張することになった。それから三十年近く、時にはあいだが空いたが、中国へ通うことになる。回数だけで言うと。四十回の出張となった。そのため中国の変化を、肌身で感じることができたように思う。

この番組は、わたしが疑問に思っていたことへの回答を与えてくれた。それも、歴史で習った通り一遍の説明ではなく、実際に関係した中国側と日本側の当事者の肉声で、いったい何が行われたかを話してくれた。当事者たちは、既に高齢な方も多く、この時を逃していたら残せなかった内容ばかりで、まことに得難いルポルタージュである。

以下、内容をかいつまんで紹介するが、その前に、この放送が触れる以前に成立していた日中間の出来事を記しておく。



一九七二年、日中国交正常化。九月二十九日、「日本国政府と中華人民共和国政府の共

同声明」(日中共同声明)に、田中角栄、周恩来両首相が署名して成立。

一九七八年二月十六日、〈日中長期貿易取決め〉が締結され，日本は中国へプラント、建設資材を輸出し、中国から原油と石炭を輸入することが決められた。その結果、両国間の貿易は飛躍的に拡大した(これは、放送内でも触れられている)。

一九七八年八月、日中両国は一九七二年の国交正常化から六年を経て、平和友好条約を結んだ。


番組は一九七八年十月から始まる。

一九七八年十月二十二日、国務院副総理の鄧小平《とうしょうへい》が、「日中平和友好条約」批准書交換式に出席するために来日、二十九日まで初の日本公式訪問を行った。

十月二十三日、東京での「日中平和友好条約」批准書の交換式に、鄧小平と福田赳夫首相が会した。その日、鄧小平夫妻は皇居に招かれ、天皇皇后両陛下に拝謁《はいえつ》されている。

さて、その頃の中国は、十年にわたる政治闘争と文化大革命が終焉したばかりで、世界の発展から取り残されていた。鄧小平は、戦後二十三年間で、世界第二位の経済大国になった日本で、近代化に対する自身の構想に対する答えを見出そうと思っていた。

当時、世界一の設備を誇る新日鉄君津製鉄所を視察したとき、「人がいない。今日は、工場は休みですか?」と驚き、「これと同じ製鉄所を上海に作ってくれませんか」と、鉄鋼マンたちに言った。

鄧小平は、「顔が醜いのに、美人ともったいぶってはいけない。日本に学ぶことはたくさんあります」と率直に、中国が遅れていることを認めた。そして、日本を視察後、「近代化とはどういうものか分かった」と述べた。

日本側の新日鉄社長、稲山嘉寛《いなやまよしひろ》、経団連会長の土光敏夫《どこうとしお》は、中国が自力更生を基礎に近代化を進めることに賛同し、さらに中国の経済の安定と発展は、東アジアの安定につながること、ひいては世界の安定につながると考え、全面的にバックアップすることを約束した。

日本側は具体的な支援の一つとして、まず日本を見せることを行う。

鄧小平帰国後、わずか三日目の十月三十一日から、一カ月間にわたって「中国国家経済委員会訪日視察団」を受け入れた。

視察団は、中国の各官庁の責任者や経済計画の立案者から構成された二十名で、三班に分かれて一か月間、日本各地の四十を超える企業や団体を訪れ、戦後、日本がどのようにして立ち上がったかを調べた。

主な視察対象は以下。

新日鉄君津、同八幡、三洋電機、日野自動車、小松製作所、神戸製鋼、トヨタ自動車、愛知製鋼、大同特殊鋼、三菱重工高砂、東芝、日本鋼管京浜、シチズン時計、松下電機、シャープ、神戸埠頭《ふとう》、中部電力浜岡原子力発電所、住友電工、鹿島コンビナート。

別に、農協や組合なども視察している。日本は、日本共産党と自衛隊を除いてすべてを見せたのである。

中国側の感想は、番組の中で、二人の中国人が、日本語で詳しく話している。

一人は、当時、人民日報東京特派員の張雲方《ジャンユンファン》、もう一人は、当時、中国大使館商務書記官の馬成三《マーチェンサン》。

張雲方、

「工場視察と同時に、経済企画庁などの官庁の次官クラスの人を招いて講義をする。戦後日本がどういうふうに立ち上がったか。大学の経済の専門家の話を聞いて、びっくりしたのは、大学の先生も官庁の次官たちもみんな、マル経（マルクス経済学）を学んでいて、「日本は社会主義だよ」と説明した。「びっくりした。例えば福祉とか、だいたいマルクス・レーニン主義に基づいて、平等が第一でしょう。国民を大事にして。中国はやはり特別な事情がある」

馬成三、

「事実を教えてくれなかった。世界中の社会主義国は幸せ、資本主義の社会で生活している人は大変苦しんでいる。苦しんでいる人たちを助けなければいけない。

こういう気持ちをもって日本に来て、『誰が誰を助けるべきか？』そういうところはショックで、『だまされた』そういう印象があるかもしれない」

補足すると、日本の経済学界は、戦後しばらくマルクス経済学が主流であり、この講義で講師を務めた有沢広巳や都留重人はマルクス経済学者であった。

「中国人は騙《だま》されていた（袁宝華《えんほうか》視察団団長）」

『マルクスは「資本論」で、資本主義の無政府主義を指摘した。しかし、日本ではそれぞれの企業が厳格に管理され、マルクスの時代よりも前進している』

報告書「訪日帰来的思索（帰国して思索したこと）」は、中国人の常識を覆《くつがえ》し、中国の若いエリートたちに、センセーションを巻き起こした。

「中国も経済発展が急務だ」と、日本研究に取り組むエリートが増えた。

中国は別に、西ドイツ、フランス、デンマーク、ベルギー、スイスのヨーロッパ五か国を視察したが、「中国がモデルとすべきは、日本だ」と、副総理の谷牧《こくぼく》が鄧小平に進言した。「ドイツよりも文化の近い日本の方がいい」

一九七八年十二月十八日から二十二日にかけて開催された第十一期三中全会で、文化大革命が否定され、「社会主義近代化建設への移行」、すなわち、「改革開放路線」が決定された。中国の指導者層の意識は、根底からひっくり返ったのである。

本放送で興味深いのは、両国間の人の交流を深く描いている点である。

訪日視察団団長の袁宝華は、日本で学んだ「管理」システムを取り入れることを提案し、四ヶ月後、国有企業改革のためにシステム導入が決定される。

建設機械メーカ、小松製作所（現コマツ）の技術者七人が、北京内燃機総廠《そうしょう》（北京内燃機工場）に派遣され、現場で支援した。七人が二、三ヶ月交代で駐在して支援。

北京内燃機総廠は、従業員九千人を超える中国最大級のエンジン工場で、中国最初の国産車「紅旗」のエンジンも製造した。

コマツは、米国で開発され、日本で発達したTQC《ティキューシー》（全社的品質管理）の手法を、工場の業務内容に具体的に適用して示すことにより、社員の意識改革を進めた。当時の工場長、沙葉《シャイエ》（インタビュー時九十四歳）が次のように述べている。

「コマツのＴＱＣを導入する前、工場で作られた製品は、一応、国家基準に達していて使えるのだが、厳密にいえば、全て不良品だった。これは、計画経済の問題点だと思う。しかし、どの自動車工場もトラック工場も、エンジンが無ければ稼働できない。われわれが供給しなければ物がないから、そんな製品でも皆が奪い合っていた。（自分は）ＴＱＣの基本を学んで従業員に教えた」

ここで彼は、小さな黒板に白墨で円を描き、それを四分割して、各々の四分円《しぶんえん》にＰ、Ｄ、Ｃ、Ａと書き込んだ。そして、Ｐｌａｎ（計画）↓Ｄｏ（実行）↓Ｃｈｅｃｋ（検査）↓Ａｃｔｉｏｎ（対策）と四段階を示した。これを繰り返して、業務を継続的に改善する。コマツがＴＱＣ導入に当たって、中国側に教えたＰＤＣＡサイクルで、業務改善の手法である。

沙葉工場長は、手書きのメモを見ながら続けた。

「コマツの援助のもとでＴＱＣを導入して、生産量は導入前の一九七七年と導入後の一九八一年を比べると、七九・六パーセントの伸び率を示した（不良品が減ったから）。品質についても、大きな進歩が見られた。ガスエンジンとディーゼルエンジンは不合格品だったが、導入後、国の優良品と一等品に選ばれた。三年間で利潤が約八パーセントアップした。これでTQCを導入した結果は明らかでしょう。コマツのこのやり方はすばらしい。外国の企業が無料で、このような指導を行うことはまずない。中国市場に進出しようということではなく、もっと高い次元の動機で、中国の現代化のために尽くしてくれた。新しい工場設備を導入しなくても、今のままTQCを実行すれば、生産量は倍増する。その後、一年間で、我々の工場には、全国から九万人が視察に来た。北京内燃機総廠《そうしょう》から、(TQCは)全国に広がった。

中国企業の代表として、中国を助けてくれたすべての日本の友人に、感謝の気持ちを伝えたい。中国の改革開放のすべての過程は、コマツのTQCの影響を受けているのですから」

コマツと北京内燃機総廠の技術者の交流は、四十年経った今も続いている(両社の関係者が、冗談を言い合いながら、なごやかにゴルフに興じている様子が映し出された)。

改革開放の、開放の方も進み、外国からのプラント、工場設備の輸入を決定。業種別では、人々の生活向上のため、合成繊維、ゴム、プラスチックを造る石油化学の分野が大であった。一九五九年に発見された中国屈指の大油田、大慶油田の石油活用が、近代化への鍵を握ると考えられていた。

近藤洋（東洋エンジニアリング、当時三十六歳）は次のように述べている。

「鄧小平が出てきて、開放政策を採りだしてからはガラッと変わりました。昔みたいに長老が出てきてどうだかとか、労働者がどうだかとか、当然持ち帰らないと決められない問題はありますけど、もう自分（エンジニア）で決めて、これはこうだよねと思ったら、『それはもういいよ』とはっきり言ってくれる。こっちがびっくりするくらいの変化はありました」

宝山製鉄所の建設は、鄧小平が視察した、新日鉄君津製鉄所と同じものを造るという前代未聞の計画で、中国の遅れた経済を立て直すために大きな期待がかけられ、改革開放の最重要プロジェクトと位置付けられた。

一九七八年十二月二十三日の起工式には、中国側から谷牧副首相、日本側からは稲山新日鉄会長以下、双方で二千人が列席した。製鉄から鉄鋼製品まで造るプラントで、新日鉄主体で千社が参加した。人民日報十二月二十四日付に、「日本が宝山製鉄所建設に協力する」と載った。

宝山製鉄所には、数百人の日本人が派遣され、五万人の中国人と働いた。

近年、副首相、谷牧の回顧録「回忆录」で、以下が判明した。

中国は、大来佐武郎《おおきたさぶろう》（元経済企画庁計画部長）を顧問に迎えた。大来は、所得倍増計画などの経済政策の立案に関わってきた。

三ヶ月後の一九七九年一月、大来は北京へ向かった。出迎えは副首相の谷牧で、翌日から「中国経済と日本の経験」という集中講義を行った。五百人を越える政府幹部や経済の専門家が講義を受けた。大来は戦後日本が、何故成長できたかを分析した。

「最新の技術を大量に導入し、訓練された労働者が生まれると、技術と管理のレベルが向上し、生産性が向上する。生産性が向上すると、経済成長の資金が生まれ、更なる投資を促すことにより、好循環が生まれる」

大来は、社会主義のタブーを破り、「市場原理」を導入する必要性を唱《とな》えた。

谷牧は回顧録で、次のように振り返っている。

「大来の講義は、我が国の政府官僚に対する初めての経済教育であり、思想解放への重要な啓蒙だった」

大来の講義は大きな影響を与え、中国は「市場経済」へと、大胆に舵を切ってゆく。

当時、中国社会科学院に属していた凌星光《りょうせいこう》は次のように述べている。

「改革開放政策を進めるためには、日本の経済に学ばなくてはいけないと言うが、中国の一般の人たちの心理的な抵抗感は大変大きかった（先の戦争で、日本に侵略されたという思いが強い）。それを鄧小平の力、谷牧たちの協力のもとに押し切って、改革開放する。それによって、今の中国の現在があるのです」

日本は最終的に民間も含めて三千億円の資金協力をして、宝山製鉄所を含めたプロジェクトを完成させた。宝山製鉄所は当初、二年半で完成させる予定だったが、結局八年の歳月を要した。各地の石油プラントも、一九九〇年までに順次完成した。

大来が作った「日中経済知識交流会」の活動は今も続いている。

このように、日本の政界のトップからプラント建設の現場まで、日本の協力は中国の社会を根底から変えていったのである。

日本は、対中国ＯＤＡ（途上国援助）として、二〇一九年までの四十年間に、三兆六五〇〇億円余りの資金を提供している。

以上

■著者プロフィール

**久野総一郎**

一九四九年 北九州市若松区生まれ。
一九七五年三月 九州工業大学大学院制御工学専攻修士課程卒業。
重工業を主体とする日本の大手製造会社でエンジニアとして勤務しながら、二〇一一年『熱延ダウンコイラへの電気油圧サーボシステムの適用』の研究で東京工業大学より工学博士号取得。
リタイア後は精力的に執筆活動に取り組んでいる。

# 中国 ― 父の戦争

2023 年 12 月 4 日　初版第 1 刷発行
著　者　久野総一郎
発行所　株式会社牧歌舎
〒 664-0858　兵庫県伊丹市西台 1-6-13 伊丹コアビル 3F
TEL.072-785-7240　FAX.072-785-7340
http://bokkasha.com　代表者：竹林哲己
発売元　株式会社星雲社（共同出版社・流通責任出版社）
〒 112-0005　東京都文京区水道 1-3-30
TEL.03-3868-3275　FAX.03-3868-6588
印刷製本　冊子印刷社（有限会社アイシー製本印刷）

ISBN 978-4-434-32895-4　C0095